DIE 212

Harry Thürk

# Hongkongs Leichen sind sehr tot

DAS NEUE BERLIN

Ich schreckte aus dem Schlaf, weil Pipi, meine Freundin, mich rüttelte, wobei sie schimpfte: »Tu was! Die Kerle sind da! Ich hoffe, wir kommen noch einmal davon ...!«

Wer mich einigermaßen kennt, weiß, daß ich es für ein Verbrechen halte, einen Menschen so früh aus dem Reich der später nicht mehr erinnerlichen Träume zu reißen. Trotzdem bemühte ich mich, nach und nach in die Wirklichkeit zu finden, die eben voller Verbrechen ist, wie jedermann weiß.

Vorsichtshalber gab ich erst einmal ein Brummen von mir, das Pipi galt. Sie sollte wissen, daß ich sie gehört hatte. Doch obwohl sie mich nun doch gut genug kannte, nach den vielen Jahren, die wir zusammen verbracht hatten, gab sie diesmal keine Ruhe. Also fragte ich: »Was für Kerle?«

»Die Hunde mit den blauen Haaren sind da! Ich habe es befürchtet!«

Mit der blumigen Bezeichnung, soviel wußte ich auch, meinte sie eines der Gespenster, die viele Hongkonger in diesen Tagen ängstigten, obwohl man bisher nichts von ihnen gesehen hatte. Gespenster eben, diese Menschenfänger von Pekings Gonganbu, jener Einrichtung, die für die staatliche Sicherheit zuständig war, die der einfache Mann Gonganbu nannte, und die echte oder angenommene Gegner der Regierung wegzufangen und hinter Gitterstäben zu deponieren pflegte, wie man lange genug aus dem großen Mutterland gehört hatte.

Mit der Übernahme der Kronkolonie durch Peking waren auch wir nun in den Wirkungsbereich dieser Leute gekommen, obwohl abgemacht war, daß Hongkong über weitere fünfzig Jahre seine gewohnte Ordnung behalten sollte. Wie wir alle hofften. Und ohne Gonganbu. Aber wir hatten gerade den ersten Tag der neuen Verhältnisse, und niemand war sicher, daß unsere Vertragspartner sich tatsächlich an das, was auf dem Papier der Verträge stand, auch halten würden ...

»Wirf endlich diese verdammte Strickleiter runter!« rief eine kräftige Stimme draußen auf dem Wasser vor Aberdeen, wo meine Dschunke, auf der ich wohnte, ihren Stammplatz hatte. In Kantonesisch, nicht in Mandarin, das die Pekinger sprechen. Eine bekannte Stimme überdies.

»Gib Ruhe«, besänftigte ich erleichtert Pipi, die neben mir lag, die Decke über den hübschen Kopf gezogen, aus Angst vor den blauhaarigen Hunden. »Es ist Bobby!«

Mit einem Ruck setzte sie sich auf. Ihr Gesicht zeigte Verblüffung.

»Bobby Hsiang?«

»Derselbe. Wirfst du ihm die Leiter runter, oder muß ich ...?«

Sie hopste von der Matte und veranlaßte mich, wie sie so ihren Hintern an mir vorbei schwenkte, für ein paar Sekunden Bobby Hsiang zu verfluchen, weil er wieder einmal zur unrechten Zeit kam. Im übrigen war er mein Freund, seit den Tagen unserer

Kindheit in Wanchai. Auch bei der Polizei waren wir zusammen gewesen, bis ich den Entschluß faßte, als Privatermittler mein Glück zu versuchen, ohne den Segen der Krone sozusagen. Und eine alte Freundschaft lebt lange, so sagt man nicht nur, so ist es.

»Mach nicht diesen unzivilisierten Lärm!« schrie ich mit aller Kraft, um sicher zu sein, daß Bobby mich hörte. Denn Pipi war schon ins Nebengelaß verschwunden, das wir Kombüse nannten, weil es da eine Kaffeemaschine gab und eine Mikrowelle. Bobby liebte nach langen Teetrinkerjahren jetzt Kaffee, und Pipi war selbst am frühen Morgen, unsanft geweckt, schon die perfekte Gastgeberin.

Im Aufgang stand zähe Luft. Ich konnte mich täuschen, aber ich roch immer noch den Gestank des Jubiläumsfeuerwerks aus der Nacht der Übernahme der Kolonie. Zwanzig einheimische Millionäre hatten sich zusammengetan, um es auszurichten, jeder bezahlte eine Tonne Raketen, und der Höllenlärm, den die veranstaltet hatten, würde mir noch eine Weile in den Ohren dröhnen. Unvergeßliche Farbenspiele, immerhin ...

»Du solltest öfters mal in besserer Gesellschaft verkehren«, riet ich Bobby Hsiang, während er aus seinem Wassertaxi über die Strickleiter auf meine Dschunke herüberkletterte.

Aberdeen lag drüben noch ziemlich still da. Vermutlich schliefen sich die Leute vom Fest aus, wie ich das auch vorgehabt hatte. Aber auf dem Wasser der Bucht gab es schon zwischen den unzähligen hier ankernden Booten und Dschunken den üblichen Morgenverkehr. Ein paar Motorboote flitzten weiter draußen herum. Das Wasser, über dem ein leichter Dunst waberte, stank wie immer, es war auch so gelbbraun wie es in der Kolonialzeit gewesen war. Die Masten der Fahrzeuge schwankten im gleichen Rhythmus, die Babys quäkten wie sonst auch, und selbst die Regenwolken, die sich vom Pazifik hereinschoben, sahen nicht wesentlich drohender aus als früher.

Erst als das Wassertaxi, das Bobby gebracht hatte, davonschoß, bemerkte ich den Unrat, der überall auf dem Wasser schaukelte: leere Bierbüchsen, Blumen, bunte Papierfetzen, Zigarettenpackungen, Schokoladenhüllen und Feuerwerksreste, vom ausgebrannten Raketenrohr über die Holzstiele der Flugkörper bis zu Ketten von Crackern, die nicht gezündet hatten, was bei Made in Hongkong öfters mal passierte. Es würde lange dauern, bis wir das alles wieder los waren ...

»In der besseren Gesellschaft«, setzte ich meine Ansprache an Bobby fort, »gibt es diesen oder jenen Gentleman, der dir sagen könnte, daß man einen anderen Gentleman nicht zu nachtschlafender Zeit aufschreckt!«

Mein Freund bleckte nur seine gelben Zähne und knurrte etwas Unverständliches. Er begrüßte mich, indem er mir eine Schachtel Bastos entgegenhielt, die schwarzen Stinker, die, wenn es nach der Reklame ging, nur knallharte Männer rauchten. Ich wehrte erschrocken ab. Den Qualm zu ertragen, den Bobby verbreitete, bedeutete auch zu anderen Tageszeiten schon eine Anstrengung.

Ich überlegte. Wenn mein Freund so unangemeldet bei mir auftauchte, hatte er garantiert ein Anliegen. Und da er Chef der Sektion Mord in der ehemals königlich-britischen und jetzt volkschinesischen Polizei Hongkongs war, konnte es sich nur um ein Vorkommnis handeln, bei dem er für mich, den privaten Ermittler, eine Chance sah. Vielleicht auch eine unangenehme Sache, die er gern auf mich abzuwälzen gedachte. Das war schon öfters vorgekommen, und meist hatte es mir sogar Einnahmen gebracht. Was konnte es diesmal sein?

»Bist du vernehmungsfähig?« wollte er wissen, bevor er zur Sache kam.

Ich murmelte etwas von Kaffee, und dann stiegen wir abwärts. Da roch es schon etwas besser, nämlich nach Pipis Frühstückskünsten. Ich fand wieder einmal Gelegenheit zu der Feststellung, daß sie außer dem total unchinesischen Getränk Kaffee erstaunlicherweise auch Spiegeleier zubereiten kann, aber ich behielt das für mich, denn man soll eine Frau nicht stolzer machen als sie ohnehin schon ist. Und Pipi litt nicht im entferntesten an Minderwertigkeitsgefühlen – das wäre ihr in ihrem Job als Rezeptionsdame im *Excelsior* auch schlecht bekommen. Die Leute, die dort verkehren, machen einer gutgewachsenen Lady zuweilen Angebote, die sich von denen, die in Wanchai üblich sind, bestenfalls im Sprachschliff unterscheiden. Dabei gibts in diesem feinen Kasten Kultur im Überfluß – neuerdings sogar TV-Schirme auf den Toiletten. Aber die helfen anscheinend eben auch nicht gegen Rüpel. –

Bobby durchkreuzte mein Konzept gekonnt, er machte Pipi eines dieser Komplimente, von denen jede Frau genau weiß, wie sie gemeint sind, die sie aber trotzdem so willig entgegennimmt, wie eine Blume die Biene.

Er sagte: »Du siehst blendend aus – als habe es diesen ganzen nächtlichen Rummel nicht gegeben! War es schlimm im *Excelsior*?«

Pipi blühte auf, während sie ihm davon berichtete, daß der Kasten oben an der Gloucester Road bis auf die Toilettensitze ausgebucht gewesen war (trotz TV-Live-Übertragung), weil er so günstig lag, neben dem World Trade Center, gegenüber der Mittagskanone, einer der ältesten Reliquien Hongkongs, auch der Yacht-Club war in Sichtweite, und die ganze Causeway Bay sei voller kleiner Boote mit Raketenwerfern gewesen, dazu habe auf dem Dach des Island Center ein Orchester gespielt. Dazwischen verkündete der Sprecher, was Prinz Charles gerade tat, der drüben im Naval Dockyard auf seiner Yacht residierte.

»... und über allem die Feuerräder am Himmel, die sich entfaltenden Blumenbukette, das Zischen und Pfeifen, das tiefe Orgeln, der blaue Qualm ... schade, daß es das alles eben nur einmal gibt ...«

»Amen«, sagte ich boshaft, und dann machte ich der Schwärmerei ein Ende, indem ich beiläufig ein paar Zahlen wiederholte, die ich vor dem Einschlafen noch aus dem Radio gehört hatte, die der Betrunkenen, die man in Hospitäler hatte bringen müssen, die der Verkehrsunfälle, der Verbrennungen mit Feuerwerkskörpern ...

»Im Victoria Park hat man ein totes Baby gefunden, während Mister Tung, unser neuer Regierer, gerade in der Festrede die sonnige Zukunft Hongkongs schilderte. Hat man schon den Mörder ...?«

Bobby schüttelte bekümmert den Kopf und wandte sich an Pipi: »Ist er nicht ein bedauernswerter Zyniker? An einem solchen Festtag nimmt er von der überwältigenden Zeitgeschichte nichts weiter wahr als die Besoffenen und die Blechschäden ...!«

»Und das tote Baby!« ergänzte ich. Pipi schob mir demonstrativ eine Portion Spiegelei hin, wobei sie unverschämt grinste, was Bobby nicht entging, denn er legte gleich nach: »Ich kann mir vorstellen, wie schwer es ist, mit diesem Herrn zusammen zu leben. Meine Hochachtung!«

Pipi äußerte sich dezent: »Er ist nicht immer so. Bloß – von Festivitäten dieser Art, wie wir sie gerade hatten, hält er eben nichts. Er mag keine salbadernden Politiker, auch nicht, wenn sie Prinzen sind. Und am Feuerwerk hat ihn der Krach gestört ...«

Ich bekannte zwischen zwei Bissen Spiegelei: »Und der Qualm. Außerdem habe ich gedacht, für die zweistellige Millionensumme, die der Radau gekostet hat, wären gut und gern tausend Leute, die drüben in Kowloon in Gitterkäfigen hausen, mit anständigen Wohnungen zu versehen gewesen. Aber das ist nur eine dieser unqualifizierten Randbemerkungen eines notorischen Querulanten ... Wobei kann ich dir helfen, Bobby? Oder ist das ein protokollarischer Höflichkeitsbesuch, nachdem du jetzt nicht mehr unter königlicher Aufsicht stehst ...?«

Nun grinste er. Der allgemeine Frieden war übrigens nicht etwa gestört, wenn Sie das vermuten sollten – nein, wenn wir uns eine Weile nicht gesehen hatten, pflegten wir uns meist erst einmal auf diese Art aufzuziehen. Der Ernst des Lebens holte uns ohnehin schnell genug wieder ein.

Bobby ließ sich Zeit. Er genoß seinen Kaffee, wischte mit einem Stück Brot, das wir etwas aus der chinesischen Art schlagenden Leute stets zu Spiegeleiern aßen, von seinem Teller (der auch als Faible für fremde Tischsitten zu werten ist, bitte,) den letzten Rest Ei ab, bevor er sich herbeiließ, die Andeutung zu machen, die Pipi veranlaßte, sich mit der Bemerkung, sie mache inzwischen Toilette, zurückzuziehen.

Er sagte nämlich: »Eigentlich widerstrebt es mir, einer Dame durch das, was ich dir erzählen will, diesen schönen Morgen zu verderben ...«

So kannten wir ihn. »Laß uns mal allein ...« hätte er nicht über die Lippen gebracht.

»Ist dir die *Pacific Voice* ein Begriff?« wollte er von mir wissen, als wir allein im Dampf seiner nach dem Frühstück angebrannten Bastos saßen.

Ich erwiderte: »Du traust mir zu, daß ich ein solches Dreckblatt lese?«

Er knurrte: »Ich frage nicht, ob du darin liest. Ich will wissen, ob du überhaupt weißt, was das ist.«

»Gut, ich kenne sie.«

»Kennst du auch den Namen Yueh Po-chai?«

»Ist das der Chefredakteur?«

»Er war es. Gleichzeitig der Verleger.«

Als er sagte war, klingelte mein Alarm. Vorsichtshalber bemerkte ich: »Man hat mir einmal ein Exemplar geschickt, zur Ansicht. Ich sollte sie bestellen. Aber was ich da las, hat mir soviel Kopfschütteln verursacht, daß ich Mühe hatte, mit dem Aspirin nachzukommen. Was ist mit dem Wisch?«

Er holte tief Luft. »Der Chefredakteur ist tot.«

»Ich wünsche ihm, daß er ins Paradies der modernen Medienschmierer einzieht«, sagte ich, aber ich ahnte, daß da von Bobby gleich etwas kommen würde, das mit eben diesem Verstorbenen zusammenhing.

Auch eine Menge Leute, die die *Pacific Voice* nicht lasen, hatten von Yueh Po-chai gehört, denn er war eine der schillernden Figuren der Hongkonger Polit-Szene.

Seitdem bekannt geworden war, daß sich die Dame Thatcher mit dem kleinen alten Herrn in Peking darüber geeinigt hatte, die Kolonie wieder an das Mutterland zurückzugeben, und das war immerhin vor dreizehn Jahren gewesen, gab es die *Pacific Voice* des politisierenden Herrn Yueh, der ursprünglich einmal Psychiater mit gutgehender Praxis am Fuße des Peaks gewesen war. Woher er das Grundkapital für dieses Blättchen genommen hatte, blieb sein Geheimnis, das aber niemand eigentlich knacken wollte – ein scharfzüngiges Radaublatt mehr, das fiel in der Kolonie nicht so sehr auf, warum dann noch nach der Geburtsurkunde fragen?

Mister Yueh hatte – soviel war mir aus der seinerzeit publizierten Lebensgeschichte noch erinnerlich

– als junger Mann die Volksrepublik verlassen, wie viele andere auch. Seine Eltern waren in Shanghai geblieben, und da sie beide als Universitätsdozenten arbeiteten, fielen sie einem Greiferkommando während der Kulturrevolution in die Hände. Man schickte sie in den Norden, wo sich ihre Spur verlor. Der Vater arbeitete als Handlanger beim Bau einer Kaserne, die Mutter als Hirtin auf einer Staatsfarm. Jeder in Hongkong hatte zu der Zeit, als die Absurditäten der Kulturrevolution in der Presse noch Staub machten, diese Geschichte lesen können, wie eine Menge andere auch. Der älteste Sohn, Po-chai, hatte sie in seinem Blatt über mehrere Folgen abgedruckt, nachdem sein jüngerer Bruder ihm die inzwischen bekannt gewordenen Fakten mitgeteilt hatte. Er war in China verblieben, damals, als Po-chai nach Hongkong floh. Er hatte sich während der turbulenten Jahre des Massenwahnsinns von seinen Eltern distanziert, als sie während einer der sogenannten Kampfversammlungen das Prädikat »Laufende Hunde des Kapitalismus« verliehen bekamen. War daraufhin selbst in eine Kolonne der Greifer eingereiht worden, hatte aber, nachdem wieder etwas Vernunft eingezogen war, öffentlich erklärt, er wäre auf einem Irrweg gewesen. Danach ging er außer Landes. In London etablierte er sich als Antiquitätenhändler, der bevorzugt Chinoiserie vertrieb – von der als Reliquie aufbewahrten, glattpolierten Hirnschale eines tibetischen Mönches bis zum echten Tschü Bai-hung-Rollbild mit galoppierendem Pferd. Die *Pacific Voice* hatte eine Zeitlang noch Anzeigen seines Londoner Geschäfts gedruckt.

»Bis in die letzte Zeit«, bestätigte Bobby Hsiang. »Im Juni vor acht Jahren, als es in Peking vor dem Tien An Men die Demonstrationen gab, veröffentlichte die *Pacific Voice* eine großgedruckte Aufforderung des kleinen Bruders zum Boykott der chinesischen Regierung. Und nachdem die mit ihren Panzern die Protestierer überfahren ließ, bot er in einer Anzeige gegen hohe Summen die blutigen Hemden von Getöteten an ...«

»Ein cleverer Geschäftsmann mit exzellentem Geschmack«, sagte ich. »Woran ist sein Bruder, unser Zeitungsmann, gestorben?«

»Fünfundvierziger Kugel im Hinterkopf.«

Ich bemühte mich, nicht an die Frühstückseier zu denken, denn ich stellte mir für einen Augenblick vor, wie der Kopf wohl ausgesehen hatte, als man den Verleger fand.

»Es passierte in seiner Wohnung. Im obersten Stockwerk, über der Zeitungsredaktion, vergangene Nacht ...«

»Vergangene Nacht?« Ich wollte das nicht glauben, aber Bobby wiederholte es.

Nach und nach stellte sich bei mir eine Ahnung ein, weshalb er wohl mit dieser Gruselstory am frühen Morgen zu mir auf die Dschunke gekommen war.

Deshalb erkundigte ich mich einfach: »Wenn mich mein Gefühl nicht täuscht, soll ich dir helfen. Etwa bei dieser Sache?«

Er zögerte. Ich vermutete, er war sich selbst nicht ganz darüber klar, ob es richtig sein konnte, mich da hineinzuziehen. Aber schließlich begann er doch: »Die Geschichte ist etwas kompliziert ...«

»Tu dir keinen Zwang an, du hast mich nun einmal geweckt, also sag was los ist!«

»Der Teufel!« Er grinste. Dann wurde er ernst, sein Gesicht bekam den mir bekannten besorgten Zug, wie immer, wenn er nicht so recht wußte, ob er nicht mit jedem weiteren Worte Schwierigkeiten für sich heraufbeschwor.

Aber er vertraute mir an: »Politisch verflucht heikel ist die Geschichte. Noch ist der Mord nicht offiziell bekanntgegeben, aber es kann sich nur noch um Stunden handeln. Dann wird jeder Hongkonger unweigerlich denken, aha, die großen Brüder aus dem Mutterland haben begonnen, sich die auffälligsten Kritiker in der ehemaligen Kolonie vom Hals zu schaffen. Mit 45er Stahlmantelgeschossen ...«

»Da haben sie sich die Sache was kosten lassen – Weichblei wäre billiger gewesen und hätte es auch getan.«

»Sie haben eben nicht.«

»Und das weißt du genau?«

Nach einer Weile: »Nun ja, man wird den Mord unweigerlich dem Gonganbu anlasten, dem Sicherheitsapparat aus dem Mutterland. Das liegt nahe ...«

»Und du behauptest, der hat nichts damit zu tun?«

Er schüttelte den Kopf. Fuhr sich dann mit der Hand über sein kurzes Bürstenhaar, in dem die ersten grauen Fäden blinkten.

»Ich behaupte gar nichts. Aber er war es nicht.«

»Oh!« entfuhr es mir. Ich kannte diesen Gonganbu, wie er im Volksmund genannt wurde, die ellenlange offizielle Bezeichnung reduzierend, nur vom Hörensagen. Aber nach dem was ich da kannte, war ihm eine Menge zuzutrauen.

»Das stimmt«, gab Bobby zu. »Aber – ich mußte ja in der Vergangenheit schon einige Male mit diesen Leuten in Kanton zusammenarbeiten, wenn es um Dinge ging, die uns gemeinsam betrafen. Daher kenne ich den Mann, der dieser Truppe jetzt in Hongkong vorsteht. Er kommt aus der Kantoner Filiale ...«

»Gratuliere!« Ich erlaubte mir ein Grinsen. Aber Bobby übersah das. Er erzählte weiter: »Der Mann heißt Li Wen. Ich kenne ihn lange genug, um zu wissen, daß er mich nicht belügt. Er sagt, es sei idiotisch, anzunehmen, sie würden ausgerechnet in der ersten Nacht nach den Übernahmefeiern einen so bekannten politischen Gegner töten. Und sie sind daran interessiert, daß die Sache schnell aufgeklärt wird, um eine Menge Gerüchte und vielleicht Aufregung unter der Opposition zu vermeiden.«

»Am Ende bedauern sie noch, daß der Ketzer tot ist! Klingt etwas phantastisch, wie?«

Er meinte: »Mag sein, aber sie sind nicht so unklug, ihn zu diesem Zeitpunkt zu töten, selbst wenn sie ihn zur Hölle wünschen. Sie begreifen ganz gut, daß es politisch in die Hose geht, bei uns so zu verfahren.«

»Vielleicht hat ja einer dieser Fanatiker geschossen, die manchmal auf den Straßen Losungen gegen den Kapitalismus und für Peking brüllen«, schlug ich vor. Aber Bobby biß nicht an.

»Würdest du, ohne darüber zu reden, einen Teil der Ermittlungen übernehmen, der für uns schwer zu bewältigen ist?«

»Du denkst, euch von der Polizei würde man auch nichts glauben, was ihr herausfindet?«

Er erwiderte gar nichts, und das war ein Zeichen dafür, daß ich schon richtig getippt hatte. Deshalb schoß ich gleich die Frage ab: »Was ist, wenn ich herausfinde, daß es doch der Gonganbu gewesen ist?«

Darauf hatte er nur wieder ein Kopfschütteln. »Sie halten sich aus der Sache völlig heraus. Es ist eine kriminelle Angelegenheit, keine politische.«

»Aber der Polizei ist sie eben zu politisch, oder?«

»Du sagst es.« Der Ausdruck der Besorgnis in seinem Gesicht machte einem gemütlichen Grinsen Platz.

»Und deshalb beauftragt die Polizei diesen Idioten Lim Tok, Ermittlungen anzustellen, weil ihr selbst das zu heiß ist!«

»Und weil der Polizei meistens auch keiner was glaubt.« Er sagte es gelassen und ohne Groll. Ein Mann mit einem nüchternen Sinn für Selbsteinschätzung.

»Wer bezahlt?«

»Das erledigen wir. Vorausgesetzt du schweigst.«

»Mein übliches Honorar?«

Er nickte. Ich sagte: »Ich habe eine Bedingung.«

»Pack sie aus ...«

»Ich kann jederzeit aus der Sache aussteigen. Wenn sie mir zu heiß wird. Oder wenn ich auf eine Spur komme, die deinen neuen politischen Partnern nicht paßt.«

»Das kannst du.«

»Und – ich möchte mit den Leuten vom Gonganbu nichts zu tun haben. Ich nehme von ihnen keine Weisungen entgegen. Kenne sie überhaupt nicht!«

»Das ist schon die zweite Bedingung. Was sagst du, wenn ich dir verrate, daß sie aber dich kennen?«

»Mich kennt mancher, von dem ich nichts weiß. Also?«

»Sie werden einverstanden sein«, sagte er. »Zieh dir was an, im Morgenrock kannst du nicht mit mir in die Wyndham Street fahren!«

Pipi zog einen Flunsch, als ich mich verabschiedete. Eigentlich hatten wir als Einstieg in die neue gesamtchinesische Zukunft einen faulen Tag miteinander verbringen wollen. Aber ich versprach ihr, nicht länger als unbedingt nötig zu bleiben. Worauf sie in respektloses Gelächter ausbrach. Sogar der Mann, der uns im Wassertaxi hinüber zum Kai brachte, bekam es mit.

In der Wyndham Street, im Schatten des New World Towers, hatte ich vor längerer Zeit zu tun gehabt, als dort ein bekannter indischer Elfenbeinhändler erpreßt wurde. Dabei stellte sich heraus, daß es fanatische Naturschützer waren, die ihn in Schock versetzen und dazu bringen wollten, den Elfenbeinhandel – auch den mit antiken Schnitzereien – völlig einzustellen.

Wenn ich mich recht entsinne, waren die Leute damals ziemlich milde bestraft worden, weil sie von Greenpeace ein paar einschlägig erfahrene Rechtsanwälte gestellt bekamen, die mehr Tricks kannten als die Richter.

Als wir jetzt da ankamen, gab es den üblichen Vormittagsbetrieb. Leute beim Einkaufen, Kinder, die in Schulbussen zum Unterricht fuhren, klirrende Straßenbahnen – sogar die Straßenreinigung war bereits dabei, die aussichtslos erscheinende Aufgabe zu bewältigen, den Abraum der Eingemeindungsfeier der letzten Nacht wegzuräumen.

In den Eingängen der Geschäfte standen die Kaufleute, mit etwas mürrischen Gesichtern, wie mir schien. Aber das war am frühen Morgen immer so, mit den ersten Kunden änderte sich das, dann hellten sich die Mienen auf, in Erwartung guter Einnahmen.

Die Doppelstockbusse schlingerten auf ihrem Zickzackweg durch die Häuserschluchten, vorbei an allen möglichen Hindernissen; sie muteten an wie Ozeandampfer im Sturm, nur halb besetzt, was für unsere Verhältnisse ungewöhnlich war, allerdings nicht alarmierend, weil jeder Verständnis dafür aufbrachte, daß die Leute nach der Jahrhundertfeier erst einmal das Bedürfnis hatten, auszuschlafen, statt quer durch die Stadt zu fahren.

Die fliegenden Händler waren schon unterwegs, mit Dim Sum in den Thermoskästen oder Colaflaschen. Von der Pedder Street her, wo das Gebrumm von Motoren verriet, daß der Verkehr dicht rollte, kam ein Trupp japanischer Touristen, die wie durch ein Wunder nach der turbulenten Nacht frisch und fröhlich waren, ohne eine Winzigkeit müde zu erscheinen. Sie schwenkten ihre Fähnchen mit dem japanischen Sonnenball oder den chinesischen Sternen, und wieder einmal regten sie mich zum Nachdenken darüber an, wie man das nur macht, nach all dem Trubel, sicher ohne Schlaf gefunden zu haben, so aufgekratzt zu erscheinen. –

Im Näherkommen registrierten wir, daß vor dem Gebäude, in dem sich die Redaktion und die Druckerei der *Pacific Voice* befanden, außerdem im letzten Obergeschoß die Privatwohnung des Mister Yueh Po-chai, die Schlange der kleinen Lieferautos parkte, die täglich dieses Boulevardblatt mit den aufrührerischen Schlagzeilen abholten, zusammen mit einer kaum übersehbaren Menge von Dreirädern und Lastenrikschas. In einigen Minuten würden die Schreier es selbst in den Hintergassen von Wanchai unter die Leute gebracht haben.

Ich mußte laut lachen, als es mir gelang, die Schlagzeile auf der Titelseite zu lesen. Da stand, schwarz eingerahmt »CHEFREDAKTEUR DER PACIFIC VOICE ERMORDET – REDAKTION FÜHRT DIE ARBEIT WEITER!«

Bobby Hsiang fluchte leise vor sich hin, als ich ihn darauf aufmerksam machte. Bis ich ihn dann erinnerte: »Du bist doch schon eine Weile Polizist in Hongkong – hast du ernstlich geglaubt, man könnte ausgerechnet diesen Toten unterschlagen?«

Der Empfangschef im Foyer nickte Bobby nur zu und wies uns zum Fahrstuhl. Er sah meinen Freund nicht zum ersten Mal heute. Natürlich – die Redaktionsleute hatte er zuerst vernehmen müssen, und das Hauspersonal. Wie viele arbeiteten da eigentlich?

Während aus einem Lautsprecher in der Fahrstuhlkabine die sanfte Melodie von Vanua Levu perlte, gab mein Freund mürrisch Auskunft: »Außer dem technischen Hauspersonal sind es in der Redaktion sechs Leute. Zwei Frauen darunter. Ausgeschlafenes Volk. Allein daß die täglich so ein Blatt hinlegen, ist eine Leistung, egal was man von ihren Parolen hält. Fünf Mann in der Druckerei. Und die Privatsekretärin von Mister Yueh ...«

»Alle schon vernommen?«

Er nickte. »Waren gar nicht im Haus, die Nacht hindurch. Mußten geholt werden. Bloß der Wachmann war anwesend. Keine Ahnung von nichts. Und dann war die Sekretärin noch da, die fand Yueh ...«

Obwohl man schon von Fällen gehört hatte, in denen Angestellte ihren Chef umbrachten, kam es mir nicht sehr wahrscheinlich vor, daß sich so etwas hier anbieten würde. Leute, die ein Krawallblatt dieser Kragenweite zusammenbastelten, brachten sich nicht so einfach gegenseitig um, die halfen sich eher gegenseitig. Das waren gleiche Brüder ...

Vanua Levu brach ab. Vom Fahrstuhl, der sanft abbremste, ging es unmittelbar in Mister Yuehs Wohnung. Auf den ersten Blick war zu erkennen, daß sich hier einer dieser modernen Innenarchitekten ausgetobt hatte, die in Amerika ausgebildet worden waren. Die Chinoiserie hielt sich in dezenten Grenzen. Dafür war der Rest eine Mischung aus Bauhaus und Protz aus Los-Angeles-Katalogen.

Die Leiche, so eröffnete mir Bobby, als er mir die umkreidete Stelle zeigte, an der sie gelegen hatte, war schon weggeschafft worden. Natürlich, es würde ein heißer Tag werden, hier oben, trotz großartiger Klimaanlage.

Ich besah mir außer dem dunklen Fleck, der die Blutlache gewesen war, alles ziemlich genau, aber es führte mich vorerst nur zu der Frage an Bobby: »Von hinten?«

»Genickschuß, ja. Mir schien es, als wäre er nicht aufgesetzt gewesen. Aus kurzer Entfernung wohl ...«

Der Rest der Wohnung bot mir auch nicht viel. Nur

daß ich im Bad auf einen Damenslip aufmerksam wurde, der zum Trocknen auf einen ausklappbaren Steg gehängt war. Als ich zu Bobby blickte, erriet der meine Gedanken und feixte: »Dachte ich es mir doch, daß dir so was nicht entgehen würde. Stammt von der Sekretärin. Hatte ein Verhältnis mit Yueh.«

Er griff in die Tasche und zog einen Zettel heraus, auf den er ihre Adresse kritzelte. »Privatwohnung. Mit der Mutter zusammen. War nicht ständig hier.«

»Und?«

»Total im Schock.«

Ich nahm mir vor, die Dame später aufzusuchen. Bobbys Männer hatten bereits alles besichtigt, was es hier zu sehen gab, und zwar ohne Erfolg. Ich würde mir die Wohnung noch einmal genauer ansehen, in Ruhe, und Bobby gab mir sogleich den Schlüssel, der in dieser Etage die Fahrstuhltür von innen öffnete. Er bot mir an, einen Blick auf die Leiche zu werfen, nachdem er sich über sein Rocktaschentelefon vergewissert hatte, daß die Pathologen sich noch nicht über sie hergemacht hatten.

Im Hinausgehen besah ich mir den Fahrstuhl genauer, bis Bobby mich aufmerksam machte: »Unten, in der Lobby, ist ein Telefon. Privatbesucher riefen Yueh von dort aus an, worauf er persönlich die Fahrstuhltür in seiner Etage öffnete. Sonst blieb sie geschlossen, so daß niemand aussteigen konnte, der just einmal da hinauf fuhr ...«

»Ausgenommen er hatte einen Schlüssel, wie ich jetzt!« Ich wollte wissen, wer alles so ein Exemplar besessen hatte, aber das wußte auch Bobby nicht.

»Treppe nach oben?«

Er sagte: »Türen verschlossen. Alle Schlösser intakt. An der Feuertreppe auch keine Spuren von Gewalt.«

»Das heißt, wer immer ihn in die Melone schoß, wurde von ihm persönlich eingelassen ... !« Er stellte das nicht in Frage, erinnerte mich nur daran, daß es eben Schlüssel auf der Welt gab. –

Die Angehörigen der Redaktion waren damit beschäftigt, aus Pappkartons, die von der nächsten Kneipe gebracht worden waren, zu frühstücken. Die vier Männer waren alle ziemlich jung. Der Windhundtyp, der es versteht, überall das aufzuschnappen, was sich im Blatt zu einer knalligen Story machen läßt, vorzugsweise Geschichten, in denen das Mutterland einen Hieb abkriegt.

Obwohl – auch die *Pacific Voice* war für die Beendigung des Kolonialstatus gewesen. Aber eben nicht für die Übernahme durch Peking. Wie es mit uns weitergehen sollte, war in dem Radaupapier nie auch nur annähernd beschrieben worden, dafür gab es in jeder Nummer Anregungen, auf welche Weise das Mutterland für Leute wie Yueh wieder bewohnbar gemacht werden könnte.

»Ich bin die Fernschreiberin«, gab sich eine der beiden Damen zu erkennen. Nicht mehr ganz jung, aber sehr adrett zurechtgemacht. Gewohnheitsgemäß erkundigte ich mich: »Sind in den letzten Tagen irgendwelche außergewöhnlichen Nachrichten hereingekommen? Oder private Mitteilungen an den Verstorbenen?«

Sie schüttelte den Kopf, daß ihr lockeres Haar hin und her flog. Aber ich entdeckte ein leichtes Flackern in ihren Augen. Auf dem Schild, das sie an die Bluse geheftet trug, stand »Mrs. Tu«. Ich nahm mir vor, die Dame, wenn ich mich später ohne Bobby hier aufhielt, einmal zu einem Tee einzuladen.

Auch in der Druckerei gab es nichts weiter, was aus dem Rahmen fiel. Die fünf Männer, die hier über den Betrieb der elektronisch gesteuerten Anlage wachten und den Lastenaufzug bedienten, der die Packen des fertigen Blattes hinunter zu den Fahrzeugen beförderte, hätten ebensogut Gärtner im Victoria Park sein können, so wenig wußten sie über das Blatt und seinen Macher.

In der Halle der Polizeipathologie sah ich ihn eine Stunde später zum ersten Mal. Bisher war Mister Yueh nur ein Name für mich gewesen. Und eine Familienstory von der tragischen Sorte.

Der Kalfaktor zog das Tuch von seinem Gesicht – besser gesagt von dem was da noch übrig war. Ich sah, daß er nicht gerade alt wirkte. Bartlos. Ein sanftes Kinn über einem Hals, der keine Falten aufwies, soweit ich erkennen konnte. Der Mann war ziemlich groß gewesen und hatte keinesfalls Übergewicht gehabt.

»Mach ihn wieder zu«, forderte Bobby den Kalfaktor schließlich auf.

Draußen dann, als er seine unvermeidliche Bastos ansteckte, sagte er zu mir: »Das ist alles, was wir dir bisher anbieten können. Was hast du für ein Gefühl?«

Wer mich kennt, der weiß, daß ich über meine Gefühle nicht zu sprechen pflege. Aber ich war mit Bobby lange genug befreundet, um zu wissen, wohin er mit der Frage zielte. Und so konnte ich antworten: »Ich habe das Gefühl, daß ihr euch heraushalten wollt. Die Polizei will nicht an eine Sache heran, die möglicherweise einen Schatten von Geheimdienst hat. Meinetwegen. Ich bin ein freier Mann. Niemand wird mich verdächtigen, für den Gonganbu zu arbeiten, vielleicht eher gegen ihn. Dieser Mord scheint mir aufklärbar, bloß daß ihn keine der möglichen Lösungen auch nur um ein Gramm angenehmer machen wird, weder für den Gonganbu noch für euch.«

Wie um mich zu ermutigen, bemerkte Bobby: »Du bekommst von uns jede Unterstützung. Wenn du irgendwas brauchst ...«

Ein schönes Sprüchlein. Natürlich, bei diesem Opfer würde kein Mensch der Polizei auch nur die geringste Kleinigkeit abnehmen, die sie herausfand. Man würde besonders von der oppositionellen Seite her darauf verweisen, daß die Polizei eben eine offizielle Einrichtung war und selbstverständlich seit der Eingemeindung unter der Kontrolle des Mutterlandes stand, auch unter der des Gonganbu eben. Und daß der in Hongkong darauf aus war, aktive Gegner, die Massenwirkung erzielten, zu beseitigen, diese Vermutung würde selbst ein Heiliger erfolglos dementieren. Also hatte der Gonganbu, der das nüchtern erkannte, vermutlich darauf gedrungen, daß ein Unparteiischer sich als Untersucher des Mordes betätigen sollte, um die Vermutung von Befangenheit von vornherein wirksam zu kontern. Meinetwegen. Die Leute sollten merken, daß Lim Tok sich auch durch ungünstige politische Konstellationen keineswegs davon abhalten ließ, die Wahrheit herauszufinden!

Bobby wirkte nicht sonderlich glücklich, als er mir versicherte, es werde von unserer Abmachung nie jemand etwas erfahren, alles würde so laufen, daß die Polizei offiziell Ermittlungen führte, während ich als von der Familie engagierter Detektiv unabhängig an dem Fall arbeitete. Außerdem, so versicherte er mir, sei es nicht seine Idee, sie käme vom Gonganbu. Aber er konnte mir nicht weismachen, daß der Gonganbu von sich aus auf mich gekommen war, da hatte jemand einen Tip abgegeben, und zwar jemand, der mich so gut kannte wie Bobby!

Als ich ihm das unter die Nase rieb, dementierte er nicht einmal, er sagte nur: »Sie wollten vermeiden, daß es in der Anfangsperiode gleich einen Skandal gibt, der zum Himmel stinkt ...«

»Aber du willst mir hoffentlich nicht einreden, Mister Tung Chee-hua persönlich, unser neuer oberster Regierungschef, hat darauf bestanden, daß ausgerechnet Lim Tok, der Windhund, die Sache ausbaldowert!«

Er spürte, daß er mich an der Leine hatte, grinste, und dann sagte er, leicht die Schultern bewegend: »Vielleicht hatte Mrs. Chan die Idee!«

Die Drachenlady. Anson Chan, die gutaussehende und stets exzellent gekleidete Dame, war schon Mister Patten, dem letzten britischen Gouverneur, bei seinem Ausflug in das, was die Hongkonger belustigt Kolonialdemokratie nannten, zur Hand gegangen. Eine gestandene, intelligente Frau, an der Peking in Zukunft nicht so leicht vorbeikommen würde.

Als Bobby dazu nichts sagte, schlug ich ihm vor: »Lassen wir das. Jedenfalls soll vermieden werden, daß jemand aus diesem Mord ganz schnell eine brandheiße politische Schlammschlacht bastelt. Ist mir klar.«

Er meinte: »Ich weiß nicht, wie ich es begründen soll, aber ich habe den Eindruck, daß wir es hier mit einer Privatsache zu tun haben ...«

»Raubmord?«

»Wer weiß! Warum nicht?«

Ich mußte lachen. »Einer schießt einem der reichsten Männer Hongkongs in den Schädel, und nimmt nicht einmal seine Brieftasche mit, als er türmt. Von einem Tresor gar nicht zu reden ...?«

Meine Zweifel beeindruckten Bobby. Aber er blieb dabei, daß der Mord zwar leicht zu einem erstklassigen politischen Skandal führen könnte, daß er aber nicht aus diesem Grunde verübt worden war. Nicht ganz abwegig, dachte ich.

Die Geschichte war heiß, keine Frage. Nur konnte ich nicht leugnen, daß sie mich langsam zu interessieren begann, egal wer sie zu welchem Zweck eingefädelt hatte und wer, wenn nicht Bobby hinter dem Vorschlag steckte, daß ausgerechnet ich das aufklären sollte.

»Ich habe Lust auf ein Bier«, gestand ich meinem Freund deshalb, und damit war eine Prozedur beendet, die für ihn vermutlich viel unangenehmer gewesen war als für mich.

Wir hielten auf der Rückfahrt am Aberdeen Park und setzten uns mit zwei Büchsen Star, die wir an einer Imbißbude kauften, auf eine Bank. Dann, bevor ich mich zu Pipi aufmachte, die ihren freien Tag hatte und bei der ich das Versprechen einlösen mußte, mit ihr in die Einkaufsmeile Park Lane zu fahren, drüben in Kowloon, weil das der neue Geheimtip war, besonders für Leute, die sich gern zur Anschaffung einer Menge unnützer Dinge verleiten lassen, versprach ich Bobby: »Gut, ich mache es.«

Er deutete in den Himmel, wo sich rauchige Wolkenballen übereinander türmten. »Ich vergaß dir zu sagen, daß wir eine Unwetterwarnung haben«, gab er mir mit auf den Weg. »Es wird wohl gut sein, wenn ihr den Regenschirm nach Kowloon mitnehmt ...«

Ich konnte erkennen, daß er erleichtert war.

*

»Wirst du dich mit dieser Sache nicht in Schwierigkeiten bringen?« hielt mir Pipi vor, während wir mit der Fähre über das trübe Wasser nach Kowloon glitten, unter einem immer drohender werdenden Himmel, der den Wettervorhersagen recht zu geben schien, die inzwischen einen Taifun ankündigten.

Ich versuchte, Pipi klarzumachen, daß es sich bei dem Fall, den Bobby Hsiang mir zugespielt hatte, auch nicht um viel mehr als eine Routineermittlung handelte, und daß ich mich ohnehin nur auf das Herausfinden von Fakten beschränken würde – die politischen Hintergründe sollte ermitteln, wer immer dazu Lust hatte. Bobby, der Gonganbu, meinetwegen der chinesische Innenminister persönlich.

»Ich habe auch lange gezögert«, gestand ich meiner Freundin ein, »aber dann habe ich mich erinnert, daß wir heute unter völlig anderen Bedingungen leben als gestern noch. Man muß sich – ob einem das recht ist oder nicht – daran gewöhnen, daß es neue Verhältnisse gibt, neue Einrichtungen, neue Regierende auch, und deshalb entstehen auch völlig neue Zusammenhänge, auf die man in der Ermittlungsarbeit stößt.«

»Mir ist das alles noch ziemlich unbehaglich«, gestand sie mir. Sie sprach das aus, was wir alle mehr oder weniger empfanden und von dem wir nicht wußten, auf welche Weise wir damit fertig werden würden. Erst die Zeit konnte das erweisen, und es bestand immerhin die Möglichkeit, daß wir aufgaben.

»Man könnte nach Singapore auswandern ...« sinnierte Pipi, während sie zusah, wie ein paar Möwen sich über dem Wasser um ein darin schwimmendes Stück Pizza stritten. Die Vögel hatten einen untrüglichen Sinn für etwas Eßbares, denn es war gar nicht so leicht, den Pizzarest von den unzähligen ungenießbaren Überbleibseln der Nacht zu unterscheiden, die ebenfalls auf dem Wasser schaukelten, Bierdosen, Souvenirpüppchen mit dem Gesicht Dianas, Feuerwerkskörper, britische und chinesische Fähnchen, oder solche mit dem neuen Wahrzeichen Hongkongs, der fünfblätterigen Bauhinia-Blüte.

Weil die Fähre in diesem Augenblick am Kowlooner Pier anlegte, brauchte ich mich zu Singapore nicht mehr zu äußern. Vielleicht war es am besten, wir ließen die Zukunft an uns herankommen und warteten ab, was sie uns brachte. Also sprachen wir nicht mehr über die Sorge, die wohl die meisten Hongkonger in diesen Tagen bewegte.

Pipi hatte sich fein gemacht. Ihr Pony glänzte von einer neuen Haartinktur, das Gesicht war gebräunt – nicht von der Sonne, sondern von den Lampen im Solarstudio des *Excelsior* – und ein superkurzer Mini ließ ihre Beine endlos erscheinen.

Wir nahmen ein Taxi, das uns den halben Kilometer die Nathan Road hinauf bis zur Ostseite des Kowloon Parks brachte, wo das Shopping Paradies Park Lane lag. Natürlich hätten wir uns ebensogut ins Ocean Center bringen lassen können oder zu irgendeinem der unzähligen anderen Märkte, deren Angebot sich nur unwesentlich von dem in Park Lane unterschied. Wir hätten auch in Aberdeen bleiben können, das Centre in der Chengdu Road war eines der besten auf der Insel – nur hatte sich Pipi eben die vollklimatisierte Passage am Kowloon Park in den Kopf gesetzt, weil sie lange nicht in der Gegend gewesen war, und weil wir den freien Tag auch zu einem Spaziergang im Park hinter der Einkaufsmeile nutzen wollten. Nicht zuletzt wohl auch, weil das Park Lane Center in diesen Tagen eine Reklamekampagne führte, die ihre Wirkung besonders auf junge Damen wie Pipi nicht verfehlte.

Zu recht, wie sich bald erwies. Nachdem Pipi außer einem Kleid, zwei Paar Schuhen, einigen Armreifen und ähnlichen Errungenschaften der modernen Zivilisation auch ein halbes Dutzend neuer Musikscheiben und zuletzt noch einen der diesjahr gängigen einteiligen Badeanzüge erworben hatte, gab sie ihren Entschluß bekannt, nach einem Imbiß in einem der Parkrestaurants das Hallenschwimmbad zu besuchen und dort den Fisch zu spielen, ein Vergnügen, das sie sich in Aberdeen, um unsere Dschunke herum, eben nicht gönnen konnte, ohne am Tage danach außer der Krätze noch ein halbes Dutzend aus dem Wasser der Bucht aufgelesene Infektionskrankheiten an sich zu entdecken.

Ich konnte gerade noch aus dem Billigangebot am Wühltisch eine knallrote Badehose erwerben, und so tummelten wir uns am Nachmittag ausgiebig in dem leicht nach Chlor duftenden kristallklaren Wasser des wohltemperierten Bades, zusammen mit etwa der Hälfte der Bevölkerung von Tsim Sha Tsui, bis wir angenehm müde wurden und eine Ruhestunde auf nicht sehr bequemen, aber dafür ziemlich billig zu mietenden Pritschen einlegten.

Dabei hatte Pipi die Idee, auf der Rückfahrt in Wanchai Station zu machen, und zwar in der kleinen Kneipe, die meine Mutter dort immer noch betrieb, mit wachsendem Erfolg neuerdings, weil in diesem Flecken Hongkong mit seinen Wolkenkratzern, den Glasfassaden und Messingtürmen, all den modernistischen Zeichen des sogenannten Fortschritts, der auch vor Wanchai nicht Halt machte, solche etwas verwunschen erscheinenden Relikte wie das Hibiskus meiner Mutter langsam zu Raritäten wurden, zu folkloristischen Sehenswürdigkeiten, in denen Touristen viel lieber ihre Huntunsuppe aßen, als in den wohltemperierten Eishallen der Luxushotels. –

»Miß Li!« jubelte dann, als wir gegen Abend in der Fenwick Street ankamen, wo wir auch keine besonderen Anzeichen des neuen chinesischen Zeitalters entdeckt hatten, der Bartender meiner Mutter, der nicht mehr ganz jugendfrische Yen, als er Pipi sah.

Ich erinnerte ihn dezent daran, daß es auch mich noch gab, und er grinste unverschämt, wie man das bei ihm gewohnt war. Hinter der Theke hing immer noch das verblichene Foto des amerikanischen Marinepiloten, der mein Vater gewesen war, und durch die dicht stehenden Tische, an denen eine Gruppe europäischer Touristen gerade erbärmlich ungeübt Riesenkrabben knackte, quetschte sich meine Mutter heran, die Pipi einfach umarmte und mich, der ich – beladen mit der Fracht eines Lastendreirads – dastand, unbeachtet warten ließ, bis sie das neueste aus dem Leben meiner Freundin erfahren hatte. Erst dann streckte sie die Hand nach mir aus und stellte fest, daß ich im Gesicht etwas dicker aussah als früher.

Der Rest des Tages verging im Fluge, und als wir ziemlich spät in der Neonwelt von Aberdeen ankamen, waren wir nicht nur müde, wir hatten auch noch den köstlichen Geschmack von Riesenkrabben auf der Zunge und im übrigen das Gefühl, egal was Mister Tung, unser neuer Regierungschef, und seine Stellvertreterin, Mrs. Chan, uns an Neuigkeiten bringen würden, so schnell würde sich in Hongkong das nicht verlieren, was Hongkong ausmachte. –

Als hätte es einer Bestätigung bedurft, hörte ich, als wir schon nach einem Wassertaxi Ausschau hielten, plötzlich die plärrende Stimme Lums, des kleinen Straßengauners, der eigentlich noch in die Schule gehört hätte, der aber heute aus seinem Bauchladen »Souvenirs von historischem Wert« anpries: »Hemden aus dem Kleiderschrank des ehemaligen Hongkong-Gouverneurs Patten, mit Monogramm, eingestickt! Slips und Büstenhalter aus dem gleichen Haus, die Unterhose des britischen Gentlemans, garantiert getragen, aber ungewaschen, dazu der Kamm, mit dem sich der Londoner Aufseher ihrer Majestät noch seine silbergraue Mähne geordnet hat, bevor er zum Übergabeakt ging, und – blattweise sein vierlagiges Toilettenpapier, mit dem er unsere ohnehin überlastete Kanalisation strapazierte, ebenfalls mit Monogramm! Unbenutzt oder benutzt, ganz nach Wunsch ...«

Ich griff mir eins seiner Löffelohren und drehte leicht daran. Als er mich erkannte, grinste er unwiderstehlich, und als ich mich über den großen Vorrat in seinem Bauchladen amüsierte, verriet er mir leise: »Sie machen das Zeug drüben in der Cameron Street, in der Nähstube. Die Stickerei ist immerhin echte Handarbeit!«

»Wie ist das Geschäft?«

Er sagte: »Die Unterhosen gehen am besten. Übrigens – morgen fange ich an, Pennystücke anzubieten, mit der Queen. Briefmarken auch. Und dann kommt noch ein Satz benutzter Taschentücher vom Thronfolger Charles ...«

Der Junge erschien mir immer wie die Seele Hongkongs. Nicht unterzukriegen. Wann würde er die Windeln von Mao Tse-tung unter die Leute bringen? Es konnte sich nur noch um Wochen handeln ...

Die Nacht wurde unruhig.

Zuerst fing es an zu regnen. Das konnte uns nicht viel anhaben, denn wir hatten alle Luken und die Aufgänge wasserdicht gemacht, vorsichtshalber. Nur als dann der Sturm in die Bucht hineinfauchte, als er die Wellen hochpeitschte und selbst unsere schwerfällige Dschunke zu tanzen begann wie ein Pony unter einem zu schweren Reiter, da war es mit dem Schlaf vorbei.

Wir hatten Glück und erwischten am Morgen ein Wassertaxi, das uns zwar völlig durchnäßt, aber immerhin mit nur einer halben Stunde Verspätung an Land brachte, wo wir in meinem Büro in der Cameron Street mit Hilfe des Untermieters Wu, der sich immer noch in Bewährungshilfe versuchte, vor einem Warmluftventilator Pipis Kleidung trockneten, worauf sie sich dann mit einem Taxi todesmutig auf den Weg zum *Excelsior* machte.

Ich selbst begann, nachdem auch mein Anzug genügend Warmluft abbekommen hatte, um mir nicht mehr an der Haut zu kleben, ein paar Berichte zu tippen, um die Zeit totzuschlagen, während der

Sturm an den Fenstern rüttelte und wahre Sturzbäche sich Stunde über Stunde in die Straßen ergossen.

Unsinn, jetzt etwas in der City erledigen zu wollen. Die Straßen standen unter Wasser, die Fluten ergossen sich in die Tunnels, Straßenbahnen und Doppelstockbusse bahnten sich mühsam ihren Weg wie durch einen Ozean. Baumkronen wurden von Böen zu Boden geschleudert, und es wurde schwerer und schwerer, die Sirenen der Feuerwehr vom Geheul des Sturmes zu unterscheiden.

Gegen Mittag rief Pipi an und teilte mir mit, sie sei im *Excelsior* angekommen, wisse aber nicht, wann sie es wieder verlassen könne.

Ein Bote brachte mir und dem Bewährungshelfer ein Mittagessen, aber ich hatte beim Verzehren den Verdacht, daß der Container doch nicht ganz dicht gewesen war; jedenfalls schmeckten die Lockennudeln wäßrig.

Wir hatten Pritschen zusammengeklappt in einer Abstellkammer stehen. So verbrachten wir die Zeit, in der sich die Elemente draußen austobten, im wesentlichen schlafend. Als es nach Tagen endlich aufklärte und wir aus dem Radio erfuhren, daß der Taifun einen großen Teil der elektrischen Leitungen in Hongkong abgerissen und eine ansehnliche Zahl von Bäumen geknickt hatte, das Unwetter sich aber langsam in Richtung Mutterland verziehe, vergewisserte ich mich, daß meine Dschunke noch an ihrem Platz lag, und dann entschloß ich mich, der Sekretärin des ermordeten Mister Yueh, von der ich bisher nur einen Teil ihrer Unterwäsche auf der Leine im Bad ihres Herrn Chefs kannte, einen Besuch abzustatten.

Ich erreichte ihre Mutter am Telefon. Ja, sie sei ins Büro. Und ja, es sei furchtbar, die Sache mit Mister Yueh, aber die Zeitung erscheine weiter, vorläufig jedenfalls, die Redakteure besorgten das. Und ob sie sonst noch zu Diensten sein könne ...

Ich hatte, während draußen der Taifun über die Stadt hinweg fuhrwerkte, Zeit genug gehabt, mir eine Legende zurechtzulegen, die für Außenstehende mein Engagement in diesem Fall erklären sollte. Dabei war ich auf den Bruder Yuehs verfallen, der nach Bobby Hsiangs Hinweis in London Antiquitäten verkaufte, oder was immer er darunter verstand. Also servierte ich das der Dame gleich zu Beginn unserer Unterhaltung.

Alma Tsao, die Sekretärin des Ermordeten, war ein ansehnliches Stück Hongkong. Sie hatte ein feingeschnittenes Gesicht, das irgendwo noch verriet, daß es in ihrer Ahnenreihe nicht lediglich Chinesen gab. Der Eindruck wurde noch dadurch verstärkt, daß sie ihr sehr langes, im Nacken gebündeltes Haar leicht rot angefärbt hatte – eine überwältigende Wirkung.

Ich konnte nicht verhindern, daß sie mir meine Überraschung anmerkte, und deshalb versuchte ich erst gar nicht, sie zu verbergen. Im Gegenteil, ich zog die Augenbrauen hoch, als sie mir so im Büro des Herrn Yueh gegenübersaß, und sagte im Tonfall eines Fan-Club-Managers: »Madame, Sie sind eine der schönsten Frauen, die ich seit dem Frühstück zu Gesicht bekam ...«

Ich wollte das Gespräch von Anfang an locker halten. Das gelang mir auch. Sie lächelte und bedankte sich artig für das Kompliment, worauf ich mit dem Gummihämmerchen gleich noch einmal zuschlug: »Ich vergaß zu erwähnen, daß ich das Frühstück an meinem zwölften Geburtstag meine!«

Danach sprachen wir eine Weile über Sturmstärken, zerbrochene Fensterscheiben, auf den Parkplätzen zusammengewehte Autos und ähnliche Erscheinungen, die das Unwetter uns beschert hatte.

Sie wußte noch nichts von der Meldung, daß die verschiedenen Fahnen der Volksrepublik, die an den Masten fehlten, nicht etwa von Mutterlandsgegnern abgerissen worden waren, sondern eben vom Sturm. Aber sie entpuppte sich als intelligent, denn sie hielt sich nicht lange mit derlei Vorsprüchen auf. Fragte mit dem freundlichsten Lächeln: »Ich hatte vorhin, als Sie sich anmeldeten, leider nicht verstanden, wer es war, der Sie engagierte, Herr Lin Do ...«

»Lim Tok«, verbesserte ich sie dezent. Ich wurde vorsichtig. Die Frau ließ sich nicht an der Nase herumführen. Also verband ich die Korrektur mit meinem Feiertagslächeln und eröffnete ihr: »Mister Yueh hat einen Bruder, in London. Ich arbeite in seinem Auftrag.«

Das mußte sie total überraschen, und diesmal konnte sie das nicht verbergen. Sie schluckte. Nach einer zu langen Pause gelang es ihr schließlich, Beiläufigkeit in ihren Tonfall zu legen, als sie bemerkte: »Soso, Mister Yueh Lo-tsin ...«

»Derselbige, ja.« Ganz so lax wie ich das sagte, war mir nicht zumute, ich hatte das Gefühl, daß da irgendwas nicht stimmte. Nur was?

»Wie geht es ihm?« Sie hatte sich wieder gefangen. Aber in mir bohrte der Gedanke, daß die Idee mit dem Antiquitätenhändler möglicherweise nicht einer meiner besten Einfälle gewesen war.

Vorsichtig sagte ich: »Nun ja, er bringt sozusagen die alten Götter in neue Häuser. Die Europäer sind sehr an echten Dingen aus unserer Frühzeit interessiert, und – es zahlt sich aus, damit zu handeln ... !«

Ihr Lächeln hätte ein obdachloses Taifunopfer, von denen es nun wieder einige Tausend gab, zum Verzicht auf seine Versicherungsentschädigung bringen können. Oder einen Politiker zum Rücktritt bei gesicherter Pension. Mich warnte es. Ich brachte die

Rede ziemlich abrupt auf ein anderes Gebiet, indem ich demonstrativ auf die Uhr sah und sagte: »Miß Tsao, ich habe eigentlich nur ein paar kurze Fragen, weil ich gleich zur Polizei muß, um mir die Erlaubnis zum Betreten der Wohnung des Ermordeten zu holen, und den Schlüssel, der sicher amtlich verwahrt wird, deshalb ...«

Das Lächeln riß nicht ab. »Die Wohnung ist nicht versiegelt. Und betreten können Sie sie auch mit meiner Erlaubnis. Wollen wir hinauf fahren?«

Um es gleich zu erwähnen – der Slip war nicht mehr da. Ich verkniff mir mit viel Mühe einen Hinweis darauf. Und Alma Tsao wurde so schnell offensiv, daß ich das Stück Unterwäsche ohnehin bald vergaß, ich registrierte nur den Fakt, daß sie in der Zwischenzeit hier oben gewesen war.

»Wahrscheinlich vermuten Sie ohnehin, daß ich für Mister Yueh mehr war als nur eine Angestellte«, eröffnete sie mir mit einem umwerfenden Augenaufschlag. »Um das von Anfang an richtig darzustellen – wir waren privat befreundet. Reicht das als Schilderung des Sachverhalts?«

Ich gab todernst zurück: »Es wird meine Arbeit enorm erleichtern, Miß Tsao. Und ich danke Ihnen für die Bereitschaft, mir zu helfen. Auch für das Vertrauen, das Sie in mich setzen. Ich glaube, in Anbetracht Ihrer persönlichen Freundschaft zu Mister Yueh muß ich endlich etwas nachholen, das ich bisher glatt vergaß: ich versichere Sie meines Mitgefühls zu dem Verlust ...«

»Danke. Was für Fragen haben Sie denn?«

Die Frau war von der knallharten Sorte. Was man ihr keinesfalls ansah, denn ihr Lächeln blieb. Ich folgte ihrer indirekt angedeuteten Absicht, das Gespräch abzukürzen, und erkundigte mich, welchen Eindruck sie von Mister Yueh gehabt hatte, als sie ihn zum letzten Mal sah. Ob ihn besondere Sorgen geplagt hätten, Krankheiten vielleicht, finanzielle Probleme. Ob es Besucher gegeben habe, die ihn bedroht hätten.

Sie habe ihn am Nachmittag zum letzten Mal gesehen, erzählte sie bereitwillig. Mister Yueh sei guter Dinge gewesen, wie immer. Man habe sich in guter Laune getrennt. Sie sei mit ihrer Mutter ausgegangen, um etwas von den Festlichkeiten zu sehen. Als sie am nächsten Tag hier ankam, habe sie den Toten entdeckt und sofort die Polizei benachrichtigt.

»Das muß sehr früh gewesen sein ...?«

Sie bestätigte das. »Drei Uhr. Die Stadt feierte noch. Wir erscheinen vormittags, das erfordert diesen ungewöhnlich zeitigen Arbeitsbeginn.«

Nein, Mister Yueh hatte weder Besuch gehabt, noch hatte er telefonische Drohungen erhalten, er habe damit gerechnet, daß er seine Zeitung auch nach der Eingemeindung Hongkongs ins Mutterland weiterführen könne. Wenngleich die Diktion etwas zurückgenommen werden müßte, um den neuen Gesetzen zu entsprechen.

»Verständlich.« Ich nickte. »Wenn ich Sie recht verstehe, hat es keinerlei Konflikte gegeben, in die Mister Yueh verwickelt gewesen sein könnte, keine Drohungen, nichts in dieser Art ...?«

»Nichts«, bestätigte sie. Sie sprach so sachlich, als führten wir ein Gespräch über Methoden der Schadensbegrenzung bei einem Taifun, wie wir ihn gerade gehabt hatten, nicht über einen immerhin geliebten Toten.

Wenn diese Frau nicht kalt wie ein Fisch war, dann verstand sie es meisterhaft, ihre Trauer zu verbergen. Hinter einem dauerhaften Lächeln. Ja, die Zeitung würde von der Redaktion weitergeführt werden, im Sinne des Ermordeten. Das war schon immer so geplant gewesen, für einen bösen Zufall. Alle zusammen würden sie die große Aufgabe meistern, sein Vermächtnis zu erfüllen ...

Ich deutete an, daß meine Fragen beantwortet wären, indem ich mich aus dem unbequemen Sessel erhob, in den sie mich komplimentiert hatte. Mehr war hier wohl nicht zu erfahren, und wenn ich es mir recht überlegte, hatte ich auch erst einmal genügend Stoff zum Nachdenken. Vor allem über meinen Eindruck von der Frau, der in das Gesamtbild einsortiert werden wollte.

Sie erkundigte sich: »Sehen Sie Mister Yueh Lotsin in der nächsten Zeit?«

Täuschte ich mich, oder klang das ironisch? Ich gab vorsichtig zurück: »Sehr gut möglich. Darf ich mich bedanken ...«

Sie entließ mich mit der Geste einer regierenden Königin. Aber ich wurde den Verdacht nicht los, daß sie sich insgeheim über mich amüsierte. Kein sehr glücklicher Anfang ...

Beinahe hätte ich, in Gedanken versunken, Mrs. Tu übersehen, die Fernschreiberin. Sie stand etwas abseits vom Eingang, als ich auf die Straße trat, und sie winkte mir im Stil einer Verschwörerin zu. Ging voraus, sich gelegentlich vergewissernd, daß ich ihr folgte.

Im Kanton Tea Shop, einer der Kneipen, denen der Taifun offenbar nicht geschadet hatte, fanden wir einen Tisch, der noch nicht von einem alten Herrn mit Vogelkäfig belegt war. Es war die Zeit des Tages, zu der die Veteranen ihre gefiederten Lieblinge zu einem Lü Cha mitnahmen und ihnen ein unterwegs erstandenes Salatblatt spendierten.

Uns gegenüber saß einer jener alten Hongkonger, dessen Kinn ein weißes Bärtchen zierte, und den man sich gar nicht anders vorstellen konnte als mit einem Vogelbauer in einem Teehaus sitzend, höchstens vielleicht noch am frühen Morgen, wenn der

Dunst vom Wasser hereinwaberte, auf irgendeinem Grasflecken beim Taidji, das die Engländer aus unerfindlichen Gründen immer Schattenboxen genannt hatten.

Er hatte in seinem Käfig einen Goldfinken, der zuweilen schrille und doch wohltönende Piepser von sich gab, worauf der alte Herr ihm jeweils einen Krümel von seinen Bisquits auf dem ausgestreckten Zeigefinger hinhielt, den der Vogel dann geschickt aufpickte.

Ich besah mir Mrs. Tu etwas genauer, und entdeckte, daß sie zwar keine schreiende Modeschönheit war, sie glich auch nicht unserer letzten Kinoqueen Gong Li, aber sie war eine ansehnliche und gepflegte Frau.

»Lü Cha und Bisquits?« erkundigte ich mich mit dem Versuch, galant zu sein.

Sie entschied sich für Hung Cha, was roter Tee ist, fermentierter, für die Ausländer schwarzer. Das Gebäck verschmähte sie nicht.

Eine Weile unterhielten wir uns über den Regensturm, den wir glücklich hinter uns gebracht hatten, obwohl in den Straßen noch überall fußhoch Wasser stand, und obwohl abgeknickte Äste, herabgerissene Dachziegel und Reste von Oberleitungen herumlagen, die von der Kraft der Elemente zeugten. Und wir sprachen ein paar Worte über die hinter uns liegenden Feiern zur Übergabe Hongkongs an das Mutterland, wobei ich den Eindruck hatte, daß der Akt sie nicht sonderlich bewegte. Sie bestätigte mir das, indem sie mir eingestand: »Mister Lim Tok, was würde es ändern, wenn ich dagegen gewesen wäre? Nichts! Solche Entscheidungen werden nie den kleinen Leuten vorgelegt, weder in einer Kolonie noch etwa in England. Ganz zu schweigen vom Mutterland China! Also stelle ich mich darauf ein, wie die meisten anderen auch, und lasse mich durch das überraschen, was da kommt ...« Sie charakterisierte damit, wie ich glaube, die Denkweise des größten Teils der Hongkonger. Ausgenommen diejenigen, die aus politischen Glaubensgründen von der Vereinigung entscheidende Nachteile für sich erwarteten. Als ich sie aufmerksam machte, daß zu dieser Kategorie eventuell die Angestellten einer Zeitung gehören könnten, die seit Jahrzehnten das Mutterland gekonnt attackierte, ließ sie das einigermaßen kalt.

»Was soll's? Möglicherweise müssen wir schließen. Ich habe einen sehr guten Freund, der betreibt ein Rechtsanwaltsbüro – er nimmt mich jederzeit als Angestellte ...«

Das Mädchen in dem für Kellnerinnen hier üblichen Minirock servierte uns Tee und Gebäck und lächelte dabei wie jemand, der beim Hunderennen gewonnen hat. Mrs. Tu ließ mir keine Chance, eine weitere Frage zu stellen, sie kam zur Sache und wollte von mir wissen, ob mir bekannt sei, daß der so tragisch ums Leben gebrachte Mister Yueh ein Verhältnis mit Miß Alma Tsao, seiner Sekretärin, gehabt hatte.

Ich entwaffnete sie nicht gerade, als ich ihr gelassen erwiderte, das wäre mir inzwischen bekannt, vielmehr sagte sie: »Es sind drei Beobachtungen, die ich Ihnen mitteilen wollte, weil sie Ihnen helfen könnten, das Rätsel des Todes von Mister Yueh aufzuklären. Die zweite ist, daß Mister Yueh in den zurückliegenden Wochen sein Testament verändert hat. Es ist eigentlich eine Sache, die öfters vorkommt, aber ich denke, in dem nun entstandenen Zusammenhang könnte es interessant sein, das zu wissen, oder ...?«

Darauf fiel mir vorerst nur ein leichtes Hüsteln ein. An meiner Stelle antwortete der Goldfink des alten Herrn am Tisch gegenüber, indem er einen bühnenreifen Triller losließ und prompt mit einem überdimensionalen Kuchenkrümel belohnt wurde. Erst als er damit zu kämpfen begann, hatte ich das mit dem Testament so weit verdaut, daß ich zurückfragen konnte: »Sie haben keine Ahnung, warum er das tat?«

Sie schüttelte den Kopf, setzte die Teeschale ab und griff in die Tasche ihrer bunten Bluse. Auf dem Zettel, den sie mir gab, stand:

Dr. Bu Yon, Rechtsanwalt
Hongkong, Garden Road 102
Tel.: 2835 – 4600

Mir fiel ein: »Das ist unweit der Bank of China?«

Sie nickte. »Vermutlich werden Sie von Herrn Bu Yon keine Details erfahren, aber es wird vielleicht doch nützlich sein, mit ihm zu reden ...«

Ich würde das tun, sicher. Wenn jemand kurzfristig sein Testament änderte, dann hatte er meist einen Grund dafür, und im Falle des verblichenen Mister Yueh interessierte mich dieser Grund.

»Darf ich erwähnen, daß der Hinweis von Ihnen kam?« fragte ich nach. Zu meiner Überraschung gab sie mir Bescheid: »Das können Sie gern. Mister Bu Yon ist der Anwalt, der es sehr gern sähe, wenn ich für ihn arbeitete. Und – ich habe ihn vor einer Stunde gefragt, ob ich Sie informieren darf. Er ist auf Ihren Besuch nicht unvorbereitet.«

Eine erstaunliche Frau. Ich war auf die dritte Beobachtung neugierig, und sie ließ mich nicht lange warten. Sagte in einem Tonfall, in dem man etwa jemanden aufmerksam macht, daß man Post von einer Tante in Kanada bekommen habe: »Mister Yueh hat einen Bruder. In England. Er ist zwei Wochen vor der Übergabe Hongkongs an China hier angekommen. Zu Besuch. War verschiedene Male mit Mister Yueh zusammen. Es wird für Sie ganz sicher nützlich sein, ihn kennenzulernen ...«

Sie zauberte aus der Blusentasche einen weiteren Zettel hervor und schob ihn mir zu. Da stand:

RITZ CARLTON HONGKONG * * * *
Das Hotel für höchste Ansprüche
3rd Connaught Road / Apt. 208
Tel.: 2877 – 6666

»Das ist ... nicht so sehr weit von der Gegend, in der Mister Bu Yon sein Büro hat ...«, murmelte ich.

Nicht, daß mich Hotels mit mehr als zwei Sternen sprachlos machen, nein, vielmehr schoß mir durch den Kopf, daß die Anwesenheit von Mister Yuehs Bruder der Grund dafür sein konnte, daß Miß Tsao so rätselhaft gelächelt hatte, als sie von mir hörte, daß ich für ihn ermittelte.

Die Blamage würde riesengroß sein, wenn sie ihn kannte, was wahrscheinlich war, und wenn sie sich bei ihm nach mir erkundigte.

Der Goldfink trällerte wieder. Ein anderer antwortete ihm, gleich war ein liebliches Konzert im Gange. Erst als es wieder Kuchen zur Belohnung gab, trat Ruhe ein, und Mrs. Tu konnte mir mitteilen, daß Mister Yueh Lo-tsin in der Tat mehrmals in der Redaktion gewesen war, sein Bruder ihm alles gezeigt habe und das Personal ihm vorgestellt worden sei.

»Auch Miß Tsao?«

Sie lächelte fein. »Natürlich auch Miß Tsao. Man besuchte anschließend gemeinsam ein Spezialitätenrestaurant.«

Das Vogelgezwitscher machte mir plötzlich keinen Spaß mehr. Der Tee schmeckte nach Dachrinne. Was war zu tun, um die Blamage in erträglichen Grenzen zu halten? Ich war froh, als Miß Tu ihre Schale absetzte und demonstrativ auf die Uhr an ihrem Handgelenk sah, worauf sie mich etwas verlegen wissen ließ: »Leider muß ich wieder in die Redaktion ... Darf ich mich verabschieden ...?«

Sie bedeutete mir, daß es ihr lieber war, das Teehaus ohne meine Begleitung zu verlassen, aber sie bot mir noch bevor sie ging an: »Wenn Sie irgendwelche Fragen haben – bitte wenden Sie sich an mich, ich bin auch interessiert, daß der Mord an Mister Yueh aufgeklärt wird ...«

Ich konnte ihr gerade noch versichern, daß ich das ganz sicher tun würde, und daß außerdem ja die Polizei noch da war. Als ich ihr meinen Dank aussprechen wollte, da war sie schon auf einer neuen Woge von Vogelgezwitscher davongeschwebt. Und dabei hätte mich brennend interessiert, weshalb sie mir eigentlich so bereitwillig all das erzählt hatte, was sie wußte. –

In meiner Jackentasche wimmerte das Handy mit dem Goldfinken und all dem anderen Geflügel um die Wette. Die Stimme Bobby Hsiangs fragte mürrisch: »Sitzt du in einem Hurenhaus, so früh am Tag?«

Ich verzichtete auf eine Korrektur und gab einfach zurück: »Ich bin auf dem Baum der Erkenntnis. Außer mir sind ein paar Vögel da. Was drückt dich?«

»Komm her«, forderte er, wenig aufgeschlossen für einen Spaß. »Wo bist du? Geografisch bitte!«

»Kanton Tea Shop.«

»Du warst bei diesem Blättchen?«

»Ich habe einen fetten Auftrag«, zog ich ihn auf. »Von einem Gönner, der mir sehr gewogen ist. Als Privatunternehmer in einem sozialistischen Heimatland muß man sehen, daß man Reis in die Schale kriegt!«

Er schnaufte. Dann erkannte ich an seiner Stimmlage, daß er tatsächlich nicht zu Scherzen aufgelegt war, auch nicht zu einem freundschaftlichen Schwatz. Er forderte mich auf: »Setz dich in Bewegung. Adresse ist das Ritz Carlton. Findest mich in der Halle.«

»Das Ritz Carlton?« fragte ich ungläubig. Er grunzte nur, und dann klickte es. Ich erinnerte mich an den Zettel von Mrs. Tu mit der genauen Adresse des Ritz. »Wen besuchst du da?« fragte ich, aber dann wurde mir klar, daß er das Gespräch längst beendet hatte.

Allein wegen der Dame, die in der Lobby die Drinks servierte, verdiente das Ritz die vier Sterne. Sie hatte das Gesicht einer der nackten Schönheiten in den alten chinesischen Liebesfibeln, die clevere Geschäftsleute in Hongkong lange Zeit für die Heranwachsenden im Mutterland gedruckt und über die Grenze geschmuggelt hatten. Die Figur hätte einen melancholischen tibetischen Bettelmönch elektrisieren und seine Gelübde vergessen lassen können. Gong Li verdient zwar eine Menge Scheinchen beim Film, aber gegen dieses weibliche Wunder war sie für mich nur ein Schatten an der Wand. Nun gut, an der Leinwand ...

Ich sprach das graziös dahinschreitende Wunder an, noch bevor ich mich dafür interessiert hatte, ob es Bobby Hsiang hier irgendwo gab oder nicht: »An einem Etablissement, das sich mit solcher Schönheit schmückt, kann ich nicht vorbeigehen, wie Tu Fu schon sagte, angeblich jedenfalls ...«

Der Blick, den ich zurückbekam, ließ meine Ohren rot anlaufen. Aber die Göttin blieb gelassen und nickte mir nur gönnerhaft zu. Sie antwortete im Rahmen ihrer Kenntnisse: »Sehr erfreut, daß es Ihnen bei uns gefällt, Sir. Richten Sie diesem Mister Tu Fu bitte aus, wir hätten noch Appartements frei ...«

Wahrscheinlich die Gespielin des Geschäftsführers. Der Taifun schien ihr jedenfalls nicht das geringste ausgemacht zu haben.

»Du könntest langsam etwas seriöser werden«, sagte jemand hinter mir.

Ich brauchte mich nicht umzudrehen, um zu wissen, daß es Bobby Hsiang war, denn gleichzeitig roch ich den Gestank seiner Bastos. Er blinzelte mich an.

»Bist du arbeitsfähig? Oder zu mitgenommen aus dem Haus der zwitschernden Vögel?«

Ich ersparte es mir, auf diese Entgleisung einzugehen. Statt dessen ließ ich Bobby wissen: »Ich habe heute schon ein ernstes Gespräch mit Miß Tsao geführt. Danach ist ein Flirt erlaubt. Fanden schon die alten chinesischen Heilkundigen. Was läuft hier?«

Er fragte zurück: »Was Besonderes bei dieser Miß Tsao?«

Ich wedelte seinen Bastos-Qualm beiseite und quetschte heraus: »Sie hat mir freimütig erklärt, sie habe ein Verhältnis mit dem Toten gehabt. Als er noch lebte, natürlich ...«

Bobby grinste. »Wußten wir sowieso schon. Überall Fingerabdrücke von ihr, in der ganzen Wohnung.«

»Auch auf dem Höschen?«

Das ignorierte er. Fragte: »Und sonst?«

Ich hatte keine Lust, ihm das, was Mrs. Tu mir verraten hatte, jetzt schon mitzuteilen, so zahlte ich ihm in gleicher Münze zurück, indem ich fragte: »Was, bitte, soll ich hier? Bevor ich nicht Honorar kriege, kann ich mir in diesem Frühlingstempel nicht mal ein Bier leisten ...«

Er nahm mich an der Schulter, und während ich unter einem neuen Schwall Bastos-Qualm mit einem Hustenanfall kämpfte, sagte er gedämpft, mich gleichzeitig in Richtung auf die Fahrstühle dirigierend, die aussahen wie Dekorationen in einem amerikanischen Science-Fiction-Film: »Wir gehen Mister Yueh besuchen ...«

Das wußte er also auch schon! Ich machte: »Aha!« Als da nichts folgte, sah mich Bobby mißtrauisch an, während wir in die Glaskapsel stiegen. Auf den

Knopf mit der Zwei drückend, sagte er: »Das scheint dich gar nicht zu überraschen?«

»Nein.« In meinem Blickfeld war wieder die Hotelgöttin aufgetaucht, aber bevor sie auch nur in die Versuchung kommen konnte, mir durch das dicke Plexiglas einen Blick zuzuwerfen, waren wir bereits in der ersten Etage.

»Also wußtest du, daß er hier ist?«

Manchmal konnte Bobby eine Nervensäge sein, und obwohl er mich nun wahrlich gut genug kannte, stellte er sich vor, als Privatermittler schläft man den halben Tag, und die zweite Hälfte verbringt man in Hühnerhäusern bei frohem Spiel mit unanständigen Damen. Also machte ich ihn aufmerksam: »Ich habe gearbeitet, Herr Polizeipräsident, und dabei erfuhr ich, daß er schon zwei Wochen hier ist. Was wollen wir bei ihm?«

Die Glaskapsel hielt in einer Landschaft, die das Spielzimmer eines arabischen Ölprinzen hätte sein können. Nur daß gegenüber an der Tür zum Appartement Nr. 208 zwei junge Männer herumlümmelten, mit denen kein Prinz auch nur ein Wort gewechselt hätte, geschweige denn gespielt, so sehr sahen sie nach Polizei aus, obwohl sie einwandfreie, saubere Zivilkleidung trugen. Vielleicht gerade deshalb.

Bobby behielt den Finger auf dem Stop-Knopf, wodurch der Lift nicht weiterfuhr, die Tür sich aber noch nicht öffnete. Er informierte mich ohne die geringste Gemütsbewegung: »Du kriegst jetzt einen Toten zu sehen. Mußt herausfinden, wer er ist und wer ihn warum zu Yueh schickte.«

»Zu Yueh Lo-tsin?«

Er grinste entwaffnend. »Zu dem, ja.«

Ich überlegte. Natürlich konnte es sein, daß Yueh Lo-tsin, der hier wohnte, aus irgendeinem Grunde zur Zielscheibe geworden war, aber aus welchem?

»Ermordet?«

Er drückte auf den Stop-Knopf, und die Glaskapsel öffnete sich. Einer der beiden Zivilpolizisten griff nach dem Türknopf des Appartements und öffnete für uns. Das erste, was ich sah, war der dicke Hintern des Polizeiarztes, über dem ein schon etwas schmuddeliger weißer Mantel hing wie ein Berufswahrzeichen. Wieder einmal bedauerte ich es, daß sich unsere Polizei nicht endlich entschließen konnte, einmal eine Frau als Polizeimedikus einzustellen.

Und dann tauchte weiter hinten, sich von einem etwas modernistischen Sofa erhebend, ein Mann auf, den ich nicht für einen Polizisten aus Bobbys Gefolge hielt.

Er sah gut aus, um es mit einem Wort zu beschreiben. Schlank wie ein Sportler, mit ruhig blickenden dunklen Augen und einer Bürstenfrisur, die er wohl nicht trug, um Geld für den Frisör zu sparen, nein, dafür war er zu gepflegt, vom gestreiften Hemd unter einem Anzug für schätzungsweise achthundert Dollar, vom dezenten Schlips über exakt einen Inch aus den Ärmeln hervorragende Manschetten mit Goldknöpfen bis zum Ohrläppchen ohne modischen Ring. Ein Mann, den man, ohne lange nachzudenken, mit »Sir« anredet, auch wenn man nicht Hotelkellner ist, wobei man ganz genau das meint, was man sagt.

Er lachte wie ein übermütiger Junge, als er mich erblickte. Sagte dann mit einer angenehmen Baritonstimme zu Bobby: »Hallo, ist das da Ihr Wunderboy?«

Bobby kicherte. Ich verfluchte mich innerlich dafür, daß ich den Kerl sympathisch gefunden hatte, und bevor Bobby auch nur den Mund öffnen konnte, bellte ich den Gentleman an: »Der Wunderboy wird dir gleich ein paar Goldzähne aus dem Unterkiefer klopfen, du Bullshit-Artist!«

An Bobby wandte ich mich: »Was ist das für eine Attrappe? Hat er nicht alle Augen auf dem Würfel?«

Der Bariton sagte erstaunlich sanft: »Verzeihen Sie, Mister Lim Tok! Es war nicht meine Absicht, Sie zu beleidigen ...«

Er hielt mir die Hand hin, und ich merkte, daß er sich Mühe gab, nicht zu hart zuzupacken. Kein Spott in seinem Gesicht, er schien es wirklich zu bedauern, daß er mich etwas rüde empfangen hatte.

»Ich würde an deiner Stelle das mit dem Unterkiefer vergessen«, riet mir Bobby. Der Polizeiarzt grinste: »Ich auch«, und nahm seinen Hintern beiseite.

Da lag der Tote. Ein noch junger Bursche, den ich nie zuvor gesehen hatte. Er sah mir nicht sehr nach Mutterland aus, sondern eher ein bißchen nach Mong Kok, drüben in Kowloon.

»Shanghai Street«, vermutete auch der Polizeiarzt. Er hielt mir auf einen Wink Bobbys einen Zettel mit den Körpermaßen, Haarfarbe, Augenfarbe und (fehlenden) besonderen Kennzeichen hin und ein Polaroidfoto, wie es die Polizeifotografen machen. Nichtssagendes Gesicht. Ich besah mir die Jacke, die der Tote trug. Der übliche Jeansstoff, auch die Hose. Auf dem T-Shirt stand in chinesischen Schriftzeichen Nathan Road Special. Sehr aufschlußreich. Ich kontrollierte seine Hände. Alte Polizeiroutine, die man ein Leben lang nicht mehr ablegt.

»Er kennt sich aus, der Wunderboy!« feixte der Arzt und schützte vorsichtshalber seine Kinnlade mit dem Ellbogen. An der Seite des Mittelfingers der rechten Hand des Toten entdeckte ich die Tätowierung: ein Fisch mit drei Punkten auf dem Rumpf.

Unsere Triaden legten sich solche geheimen Erkennungszeichen zu, das weiß jeder in unserer Branche. Gesten, Kennworte und eben Tätowierungen. Aber ich hatte einen Fisch wie diesen, mit den drei

Punkten, noch nie gesehen. War das eine neue Gruppe?

Bobby klärte mich auf: »Das ist kein Hongkonger Zeichen. Stammt aus dem Mutterland. Shantou. Als es noch Swatou hieß, war es eine der Wiegen der Triaden. Der hier gehört zur San Tien Hui. Drei Punkte. Scheint aber schon länger in Hongkong gelebt zu haben. Der Chef der Rezeption, bei dem er sich nach Mister Yuehs Zimmernummer erkundigte, sagte uns, er sprach kein Hoklo, wie man es in Shantou spricht, sondern gestochenes Kantonesisch ...«

Er brauchte mir keinen Vortrag über die Triaden zu halten, ich kannte mich einigermaßen aus. Ein Teochiu also. Es gab sie in Kowloon. Und der Polizeiarzt hatte recht, die Shanghai Street war eines ihrer Zentren.

»Und«, fragte ich, »der kam einfach so hier herein und fiel um und war tot, ohne einen Tropfen Blut zu verlieren ...?«

Der Bariton bemerkte mit vornehmer Zurückhaltung: »Er wird sicher innerlich geblutet haben ... nur, eine Wunde habe ich nicht verursacht.«

»Sie?«

Er nickte freundlich. »Ja, ich. Es war noch früher Vormittag. Er klopfte. Ich öffnete. Er hatte eine Pistole in der Hand und drängte mich ins Zimmer zurück. Sagte: Dreh dich um! Da begriff ich, daß er mich töten wollte, sonst hätte er gesagt: Rück die Brieftasche raus! Während ich seiner Aufforderung folgte und mich umdrehte, tötete ich ihn mit meinem linken Fuß ...«

Ich muß ein Gesicht gemacht haben wie ein Mann, der auf der Brust seiner Geliebten einen Floh entdeckt. »Sie ... haben ihn? Mit dem Fuß?«

»Ja, so ...« sagte er bescheiden. Und dann drehte er sich um, hob blitzschnell den Fuß und stoppte ihn genau eine Handbreit vor meiner Gurgel. Ich war so überrascht, daß ich nicht einmal den Versuch machte, dem Hieb auszuweichen. »Mister Yueh hat in London Karate erlernt«, bemerkte Bobby, wie mir schien, mit einem ziemlich höhnischen Unterton. Was war das für eine Vorführung? Ein Gentleman, der mit einem Fußtritt auf die Kehle töten konnte, eine Leiche, ein Polizeiarzt, Bobby, ich ...

»Okay«, sagte ich, »jetzt machen wir mal Zipper an die Hosenschlitze. Mister Yueh, haben Sie eine Ahnung, warum der Kerl sie erschießen wollte?«

»Keine.«

»Sie kennen ihn nicht?«

»Ich habe ihn nie zuvor gesehen.«

»Hatten Sie mit Ihrem Herrn Bruder Ärger?«

Er lachte: »Er hat mich nach Hongkong bestellt, weil er die Möglichkeit sah, im Rahmen der Übernahme durch China vielleicht Unannehmlichkeiten zu bekommen. Sogar mit Haft rechnete er. Träte das ein, sollte ich in seinem Sinne das Blatt weiterführen. Die *Pacific Voice.*«

»Obwohl Sie Antiquitätenhändler sind, nicht Zeitungsmann?«

»Ja. Ich sollte nur dafür sorgen, daß das Blatt weiterlebt. Die Redaktion war und ist in der Lage, die technische Arbeit dafür selbständig zu leisten.«

Das leuchtete ein. Ein paar von den am besten verkauften Fetzen der Tränen- und Jubelpresse wurden von Konservenfabrikanten oder Nudelherstellern geführt.

Ich beobachtete ihn genau, als ich die Frage nachschob: »Ganz besonders erfahren in der Sache war wohl die persönliche Sekretärin Ihres Herrn Bruders, Miß Tsao?«

Da grinste er mich entwaffnend an und fragte zurück: »Sie meinen, weil sie mit dem guten Po-chai nachts im Bett die Trockenlegung der nigerianischen Sümpfe diskutierte?«

Bobby Hsiang lachte laut. Der Polizeiarzt hielt sich die Hand vor den Mund, vermutlich um zu verhindern, daß sein Woolworth-Gebiß herausfiel. Mister Yueh machte ein Gesicht wie jemand, der vor dem Radio auf die Durchsage der genauen Zeit wartet.

»Sie könnten auch über das Testament Ihres Herrn Bruders diskutiert haben. Er hat es doch geändert, nicht wahr?«

»Das hat er, ja.« Wieder ein verbindliches Lächeln.

»Zu Ihren Gunsten?«

»So sagte er.«

»Sie kennen es?«

»Nur aus seiner Schilderung.«

Ich sah Bobby an. Der zuckte die Schultern. Dann sagte er: »Wir haben über diese Dinge bereits mit Mister Yueh gesprochen. Alles ist ebenso klar wie unklar. Es steht nur fest, daß Mister Yueh zu der Zeit, als sein Bruder erschossen wurde, nicht einmal auch nur in der Nähe des Tatortes sein konnte ...«

»Und was meinst du, ist der Grund, daß dieser Killer ihn hier im Hotel aufsuchte?«

Der Polizeiarzt schien ein echter Komiker zu sein. Er antwortete an Bobbys Statt mit wichtigtuerischem Gesicht: »Er wollte ihn töten. Das ist erwiesen. Und gelungen!«

Mir war inzwischen klar geworden, daß ich auf diese Weise kaum noch etwas von Belang erfahren würde. Und als ob Bobby das auch ahnte, machte er der Komödie ein vernünftiges Ende, indem er sich an Yueh wandte: »Haben Sie eingepackt, was Sie am nötigsten brauchen?«

Der Gentleman nickte.

Bobby wandte sich an mich. Er drückte mir einen Zettel in die Hand und sagte: »Du fährst Mister Yueh in dieses Quartier. Oben in Kowloon. Sinn der Sache ist – wir geben offiziell bekannt, daß er getötet wurde und der Mörder unbekannt entkam. Daß es sich vermutlich um eine Familienfehde handelt, unter Hinweis auf den Mord an seinem Bruder. Wollen mal sehen, wer daraufhin aus seiner Höhle kriecht. Im übrigen bleibt es dabei, daß du in der Angelegenheit im Auftrag der Familie ermittelst ...«

Er öffnete die Tür einen Spalt und gab den beiden Burschen draußen auf dem Korridor eine Anweisung. Zehn Minuten später waren zwei Träger mit einem Blechcontainer da und verstauten den Toten darin. Bobby schärfte ihnen noch einmal ein, was er vermutlich zuvor schon mit ihnen besprochen hatte: »Lastenaufzug, Tiefgarage, ohne Aufsehen weg, in der Pathologie wird abgesperrt, niemand bekommt den Toten zu Gesicht!«

Die beiden hatten verstanden und zogen ab.

»Wir sprechen uns später noch«, machte Bobby mich aufmerksam. »Jetzt fährst du deinen Wagen in die Tiefgarage. Nimmst Mister Yueh auf, der wird dort warten, und du bringst ihn in das stille Quartier.«

Das Hotel hatte der Polizei wohl freie Hand für alles gegeben, was den Ruf der Edelherberge schonte. Der Einlasser an der Tiefgarage war demzufolge auch einer von Bobbys Leuten. Er winkte mich einfach durch, während auf der Ausfahrtbahn ein Lieferwagen an mir vorbeirollte, der mir sonderbar bekannt vorkam, von anderen Gelegenheiten, bei denen die Polizei Leichen ohne Aufsehen wegzuschaffen hatte. In meiner Polizeizeit hatten wir zuweilen welche irgendwo abgeholt, die schon acht Tage alt waren und rochen.

Als ich mich später gegenüber Yueh darüber lustig machte, grinste er hinter der tiefdunklen Sonnenbrille, die ihm Bobby verpaßt hatte, und ich faßte genug Mut, um mich zu erkundigen: »Haben Sie übrigens heute schon einmal mit Miß Tsao telefoniert?«

Er schüttelte den Kopf. Und ich beichtete ihm, daß ich ihn als meinen Auftraggeber bezeichnet hatte. Zur Rettung meines Seelenfriedens trug er bei, als er mich beruhigte: »Machen Sie sich keine Sorgen, Mister Lim Tok. Ihr Kommissar Hsiang hat mit mir ganz offen über den problematischen Aspekt des Mordes an meinem Bruder gerade im Stadium der Übernahme Hongkongs durch China gesprochen. Ich verstehe seine Sorge, daß es hier in der Öffentlichkeit Unruhe geben könnte. Und weil ich nicht glaube, daß der chinesische Geheimdienst so dumm ist, am Tage nach der Übernahme einen Mord an einem Opponenten zu organisieren, bin ich durchaus der Meinung, daß es vernünftig war, Sie als unparteiischen und unbescholtenen Mann gewissermaßen mit der parallel zur Polizeiarbeit laufenden Aufklärung der Umstände zu betrauen. Weil ich persönlich weder auf Schwierigkeiten mit China noch mit der hiesigen Polizei aus bin, werde ich, falls Miß Tsao sich danach erkundigt, ihr selbstverständlich bestätigen, daß Sie für mich arbeiten. Aber – einstweilen bin ich ja tot! Diese Auskunft wird sie jedenfalls bekommen, wenn sie im Hotel anruft ...«

Dann grinste er mich geradezu vergnügt und mit Verschwörermine an und erkundigte sich, ob ich Zigarren rauchen würde. Nachdem ich nein gesagt hatte, brannte er sich eine von diesen Röhren an, die der Herr mit dem bulgarischen Namen auch in Hongkong für Kuba verhökert, und am Geruch, der sich angenehm von Bobbys Bastos-Stinkern unterschied, rechnete ich mir aus, daß sie so zwischen fünfzehn und fünfunddreißig Dollar gekostet haben mochte. Wie es schien, zahlte sich das Handeln mit alter Chinaware in England aus. –

Wir kreuzten Victoria Harbour mit der Fähre, weil es mir da leichter fiel, etwaige Schnüffler von Zeitungen oder Leute mit noch schlimmeren Ambitionen zu erkennen. Aber es gab keine.

Die Nathan Road war voller Verkehr, wie immer. Von den Taifunspuren war kaum noch etwas zu sehen, außerdem hatte er hier, auf der Landseite, nicht so arg zugeschlagen.

Das Quartier für Mister Yueh Lo-tsin lag weit nordwärts, etwa auf der Höhe von Stonecutters Island. Eine dieser Betonburgen in Lai Chi Kok, mit Blick auf den Sham Shui Po Park. Tiefgarage mit Lift bis vor die Wohnungstür, wie sich das bei Unterbringungen dieser Art bewährt hatte. Zwei solide möbilierte Zimmer mit einer Junggesellenküche und einem Bad, in dem selbst die Handtücher schon bereitlagen. Ebenso wie in der Küche, wo der Kühlschrank eine generöse Anzahl Bierbüchsen beheimatete und eine Auswahl von Microwellengerichten, die nach meiner Schätzung für den Rest des Jahres ausreichten.

Yueh lachte: »Ich hoffe, ich werde so lange nicht hier brummen müssen!«

Seine Telefonnummer notierte ich mir noch, dann versprach ich, mit ihm Kontakt zu halten, und als ich über den West Kowloon Corridor zurückrollte, war ich mir einigermaßen sicher, daß sich mit diesem Karate-Antiquar ein brauchbarer Faden spinnen ließ. Er war von der Art, mit der man zurechtkam, was mich doch einigermaßen überrascht hatte, weil hierzulande von Leuten, die aus dem Mutterland nach England gehen, um da mit nachgemachten zweitausendjährigen Buddhafiguren zu handeln, doch Vorstellungen anderer Art kursieren.

Der Mensch irrt zuweilen, sagte ich mir. Dann hatte ich Muße, mir Gedanken über die sonderbaren Zusammenhänge zu machen, in die ich Klarheit bringen sollte.

Es gab mehr Unbekannte, als mir lieb war. Einfach

würde das bestimmt nicht werden, denn die Spuren waren karg.

Und dann fiel mir ein, daß ich eigentlich noch jenen Rechtsanwalt besuchen könnte, der Mister Yueh Po-chais Testament in Verwahrung hatte. Dr. Bu Yon in der Garden Road, drüben im Zentraldistrikt ...

*

Etwa zwischen dem Asia Pacific Tower auf der einen Seite und der St. John's Kathedrale auf der anderen, zwischen teuren Juwelierläden und verrückten Modeboutiquen, in denen ein Taschentuch etwa soviel kostete wie im Norden von Kowloon ein Bademantel samt Modell für ein ganzes Wochenende, fand ich das bescheidene Schild von Dr. Bu Yon.

Der Anwalt hatte sich der Gegend, in der er praktizierte, angepaßt. Drüben in Wanchai wäre er – in Flatterhosen und T-Shirt gekleidet – gut und gern als Karrenschieber durchgegangen. Hier, in einen dunklen Anzug gesteckt, mit weißem Hemd, und Fliege, den silbrigen Haarkranz um die Glatze herum fein geordnet, konnte er leicht mit einem Mann verwechselt werden, der in der Queens Road mit echten Rolex handelte. Er duftete dezent nach Road 211, doch das machte ihn nicht etwa zum Stenz. Diesen Eindruck konterten auch die kreisrunden, silbern gefaßten Gläser einer dieser Brillen, die jetzt hier der letzte Prominentenschrei waren. Früher hatten amerikanische Hippies solche Modelle aus Protest gegen die reichen Angeber getragen. So veränderte sich die Welt!

Ich sah übrigens, erinnerte ich mich, ein solches Exemplar zuletzt vor einigen Jahren bei einem Taucher, der keine Haftschalen vertrug. Er hatte, so erzählte er mir damals, das Ding geerbt, als sein Vater starb. Der hatte es von den Philippinen mitgebracht, aus dem zweiten Weltkrieg, wo er es einem eigenhändig erschossenen Japaner abgenommen hatte.

Ein paar Sekunden überlegte ich, ob ich dem Herrn Anwalt diese Geschichte zum Auftakt unseres Gesprächs erzählen sollte, aber ich ließ es dann doch bleiben – man weiß nie, ob jemand genügend Humor besitzt, bevor man ihn wenigstens etwas genauer kennengelernt hat als ich Bu Yon. Und selbst dann kann man immer noch im falschen Augenblick die falsche Taste treffen ...

»Sehr erfreut, Sie zu sehen, Mister Lim Tok!« empfing er mich und fügte an, Mrs. Tsao von der *Pacific Voice* habe ihn angerufen und mitgeteilt, daß sie einem Detektiv den Rat gegeben hätte, ihn zu besuchen. In der traurigen Angelegenheit ... Er schlug die Augen nieder. Betroffenheit – was immer die Leute darunter verstehen – können Rechtsanwälte meist recht gut darstellen.

Der in der Tür zu seinem Büro wartenden Sekretärin gab er, ohne mich zu fragen, die Anweisung, Kaffee zu bringen. Und dann beklagte er, gleich nachdem er mich in einem Ohrensessel für Elefanten komplimentiert hatte, den Tod seines Klienten Yueh Po-chai.

Das wirkte alles nicht etwa lächerlich. Der Mann war keineswegs eine Karikatur, ich erkannte sofort, daß ich es hier mit einem kompetenten Exemplar der Gattung zu tun hatte. Deshalb unterbrach ich seine Klage auch nicht, bis er von selbst damit aufhörte, einerseits weil er wohl den Eindruck hatte, alles gesagt zu haben, was ich hören mußte, um zu erfassen, wie eng er mit Yueh verbunden gewesen war, und andererseits, weil die Sekretärin den Kaffee brachte. In Anbetracht der Tatsache, daß sie aussah wie ein Magengeschwür, das älter als sie selbst war, hatte sie ein genießbares Getränk hergestellt.

Dr. Bu Yon wartete, bis sie die Tür geschlossen hatte, dann griff er zur Tasse, nahm einen Schluck, und schließlich sah er mich erwartungsvoll an. Sein Gesichtsausdruck veränderte sich nicht, während ich meine Bitte vortrug, und ich hoffte, daß ich nie mit diesem Herrn an einem Pokertisch würde sitzen müssen. Als ich mein Sprüchlein beendet hatte, blieb er eine ganze Weile noch still, trank Kaffee, und zuletzt produzierte er um seinen Mund herum ein paar Falten, worauf er mir eröffnete: »Lieber Mister Lim Tok, ich bin mir bewußt, daß es Sie tief betrüben wird, aber ich kann Ihnen Einblick in die fraglichen Dokumente nicht gestatten. Wobei ich nicht etwa übersehe, daß es für die Aufklärung des Mordes unter gewissen Umständen von Bedeutung sein könnte ... Was tut ein Mann, der vor einem solchen Konflikt steht?«

Am liebsten hätte ich ihm gesagt, daß mein Herz am Mitleid für ihn zu zerbersten drohe und ich daran dachte, eine Sammlung für ihn zu veranstalten. Aber das ließ ich ebenso bleiben wie die Bemerkung über die Brille.

Mein Blick fiel auf den schweren, altmodischen Safe, den Mr. Bu Yon an der Seitenwand seines Büros stehen hatte. Wie in Gedanken erhob ich mich, imitierte Streckbewegungen, wie sie einem leicht Bandscheibengeplagten anstehen, worauf ich Schritte machte, gleichsam wie um den Körper in Bewegung zu bringen, auf daß die Schmerzen vergingen und die Seele sich wieder beruhigte.

»Ei, ei, das Gefühl im Rücken kenne ich«, verriet mir der Anwalt. »Ich empfehle Ihnen im Windsor House, drüben an der Causeway Bay, das Institut von T.Y. Lee. Er behandelt mit Akupunkturnadeln, die noch aus der Sung-Dynastie stammen, südliche Sung, kurz nach Beginn des zweiten Jahrtausends der modernen Rechnung ... er wirkt wahre Wunder damit ... bei verträglichen Preisen übrigens ...«

Während er weiter die antiquarischen Nadeln seines Wunderheilers pries, die Moxibustion, die er auch vollführte, ebenfalls nach uraltem Rezept, beides zusammen die größte Errungenschaft seit der Erfindung der Eßstäbchen, reckte und streckte ich mich, vor dem Safe stehend, und ich registrierte dabei, daß es sich um ein älteres Modell handelte. Laut Aufschrift ein »Bullock 72700«. So wichtige Dokumente wie Mr. Yueh Po-chais verändertes Testament würde er sicher im Bauch dieses stählernen Schreins aus grauer Vorzeit verwahren, sagte ich mir. Zur Sicherheit testete ich das. Ich setzte mich vorsichtig wieder in den Elefantensessel und verriet ihm fröhlich: »Eh ... Mister Bu Yon, ich wollte Sie keinesfalls dazu verleiten, Ihren Prinzipien untreu zu werden und mir aus Ihrem Tresor da ein Dokument zu lesen zu geben, über das Sie zum Schweigen verpflichtet sind – nein, da verstehen Sie mich falsch, der Tresor soll schon geschlossen bleiben ... nur, ich muß, um mein Honorar zu verdienen, wenigstens gefragt haben ... !«

Er lachte. Die Betrachtungsweise war ihm nicht fremd. Er wies auf den Safe und sagte: »Sie haben sehr recht, Mister Lim Tok, das Dokument bleibt schon in meinem Safe! Aber ich will versuchen, Ihnen im Rahmen dessen was mir erlaubt ist, wenigstens einen Hinweis zu geben ... Welcher Aspekt wäre denn für Sie am interessantesten?«

Also lag das Ding da drin. Bullock 72700. Wir werden sehen.

Um nicht unhöflich zu erscheinen, gab ich ihm die Auskunft: »Nun ja, im Grunde geht es um den Bruder des teuren Toten ...«

»Sie meinen Mister Yueh Lo-tsin? Den Antiquar in London?«

Ich setzte meine Friedhofsmiene auf. »Ich stehe in seinen Diensten ... nun ja, ich stand ... Sie wissen vermutlich, daß er ebenfalls bei einem Attentat ums Leben kam?«

Er sprang auf. Es sah aus, wie wenn ein Tennisball, den ein Taucher am Boden eines Gewässers losgelassen hat, aus dem nassen Element in die Höhe poppt. »Mister Yueh Lo-tsin ist …?«

Er zögerte, weiterzusprechen. Und ich bemühte mich, meine Grabrednermiene beizubehalten, als ich ihm verriet: »Ja, er ist … dahingerafft. Von unbekannter Hand … unfaßbar!«

Eine Weile brauchte Mister Bu Yon, um das zu verarbeiten. Kein Zweifel, er hatte nichts davon gewußt. Er war als Schauspieler so unbegabt wie ein Sumo-Ringer beim Rückenschwimmen.

Als er den Schreck überwunden hatte, machte er die vielsagende Bemerkung: »Nun wird er … den allerletzten Willen seines Herrn Bruders gar nicht mehr kennenlernen …« Kein Zweifel, er spielte auf die von Mrs. Tu erwähnte Änderung an. War nun der Zusatz, der Yueh Lo-tsin begünstigte, die einzige Änderung, oder gab es da mehr? Wurde wirklich die Redaktion allein begünstigt, wenn beide Brüder tot waren? Ich versuchte es auf die dümmliche Tour: »Ist nicht zu vermuten, daß die beiden darüber gesprochen haben …? Sie waren in den letzten Wochen mehrfach beisammen, hörte ich …« Er spürte wohl den Haken und wurde sofort unverbindlich: »Sehr zu bedauern, in der Tat! Ich hätte nicht für möglich gehalten, daß dieses Dokument so schnell an Bedeutung gewinnt …«

Er schüttelte den Kopf und blickte aus dem Fenster. Ich hatte inzwischen begriffen, daß ich von ihm außer höflichen Floskeln nichts erfahren würde – aber ich hatte auch den Bullock 72700 registriert und an der Zimmertür ebenfalls ein Bullock-Schloß. Es lohnte nicht, mehr Zeit hier zu verbringen. So machte ich noch eine beiläufige Bemerkung darüber, daß der Herr Anwalt sich eine höchst reizvolle Wohngegend ausgesucht hatte, während ich den letzten Schluck Kaffee aus der Tasse trank. Und prompt verpaßte er diesmal den Haken, denn er vertraute mir lachend an, dies hier sei lediglich sein Büro, nein, nein, er bevorzuge zum Wohnen eine grüne Gegend. Am Peak. Zwar nicht so sehr weit oben wie die Herren Konsuln von Argentinien und Panama oder wie der Generalrepräsentant von Rolex, aber immerhin etwa auf halber Höhe.

Sehr schön ...

Beinahe hätte ich ihm gewünscht, in der kommenden Nacht besonders gut zu schlafen, denn ich wußte, sie würde mich wieder hierher führen. Zumal ich bei meiner Ankunft im Vorzimmer das große Kopiergerät gesehen hatte ...

»Ich sage Dank für das Gespräch«, wurde ich förmlich, »aber es war wohl meine Pflicht, Sie wenigstens ins Bild zu setzen ...« Er bestätigte mir das eiligst. Kam behende hinter seinem Schreibtisch hervor und grabschte nach meiner ausgestreckten Hand, pumpte sie mit der Intensität eines Gartenfreaks oben in den New Territories, der seinen soeben fertiggestellten Tiefbrunnen ausprobiert. »Es hat mich so gefreut, und es hat mich so untröstlich gemacht ...«

Einen Augenblick hatte ich den Eindruck, daß die Fliege vor seinem obersten Hemdknopf zitterte. Ob ich ihm mein Taschentuch für die Tränen dalassen sollte?

Die Tür zum Haus war ebenfalls von der Firma Bullock mit einem Schloß versehen worden. Gute englische Wertarbeit. Ich hielt mich nicht weiter auf. Nach Wanchai ...

Die Gegend hinter der Stehbierhalle von Ky, der neuerdings Mao Tai im Angebot hatte, auch Bai Gar, erprobte Mutterlanderzeugnisse, die einen Rausch verursachen, von dem ein britischer Lord nur träumen kann, wenn er Fernost nicht kennt, stank noch ebenso wie vor der Eingemeindung in die große chinesische Heimat. Ein paar Katzen stritten sich um ein Stück von etwas, das einmal Fleisch gewesen sein mochte, vielleicht auch ein vom Hochwasser aus dem Hafen hereingeschwemmter Fisch, der während des Taifuns sein Leben hier ausgehaucht hatte. Amerikaner und Japaner waren schon in Gruppen unterwegs, um Alt-Hongkong zu bestaunen. Ein paar Mädchen tauschten ihre Erfahrungen der letzten Nacht aus. Sie hatten auffallend wenig Schminke im Gesicht, kamen also, wie man als in Wanchai Aufgewachsener sogleich konstatierte, ziemlich direkt aus der Horizontale. Die Nacht des Jubels und der Freude war vorbei. Das hier war sozusagen der graue Morgen, obwohl die Sonne schien. Ich hörte beiläufig im Vorbeigehen, daß die eine der Damen von einem Kantonesen allen Ernstes gefragt worden war, ob sie gegen Aids geimpft sei. Der Rest ging im Gelächter der anderen unter.

Lam, der gute alte Freund, der hier, als ich noch Polizeidienst versah, nie Schwierigkeiten gemacht hatte, wenn ich ihn wieder einmal vorführen mußte, weil man inzwischen seine Handschrift kannte, war vom Einbrechen lange abgekommen. Aber wenn mich einer nach dem letzten Mechaniker von Format in Hongkong gefragt hätte, würde ich nicht gezögert haben, Lam zu nennen. Vom nachgemachten Parker-Füllhalter, der die Tinte nicht mehr hielt, bis zur zerbrochenen Feder am Sitz einer Fahrradrikscha reparierte er alles.

Er setzte grade Knopfzellen in eine dieser komplizierten Armbanduhren der vorletzten Generation ein, die die Stunde mit schnarrender Stimme ansagen, und das tat er in seiner düsteren Bude, in der lediglich der Arbeitsplatz beleuchtet war.

Sein Gesicht konnte ich erkennen, die vor das Auge geklemmte Lupe, die Uhr, nicht weit davon der Teetopf – Lam hatte geschädigte Nieren, und irgendein Pfuscher hatte ihn ermahnt, stündlich einen Liter zu trinken. Das befolgte Lam. Und weil er der Einfachheit halber die Tür zu dem Abteil, das er Toilette nannte, gleich offenstehen ließ, roch es in dem Kabuff, wie es wohl im Mausoleum Maos riechen würde, wenn da mal einer die Vitrine einschmisse und die Brühe, in der der Chef ruhte, ausliefe.

»Hinsetzen!« kommandierte er, ohne den Blick von der Uhr zu wenden.

Während er weiterbastelte, hustete er einige Male. Es hörte sich nicht grade wie Verlegenheitshüsteln an, sondern etwas nach Defekt. Ich nahm einen Geldschein aus der Tasche. Wie unser gesamtes Hongkonger Lebensgefühl nach der Einvernahme war auch er sehr neu, und als ich ihn rascheln ließ, knurrte Lam, ohne sich umzudrehen: »Fünfzig Dinger. Das muß der Toaster sein, den ich repariert habe. Komme gleich ...« Ich sagte: »Hi, Lam, lange Zeit nicht sehen, lange Zeit nicht hören ... !«

Daraufhin legte er betont langsam die Uhr auf den Tisch. Hustete wieder. Dann drehte er sich ebenso langsam um und nahm die Lupe vom Auge.

»Toko, alter Gauner!« begrüßte er mich. »Warum bist du nicht nach England getürmt? Oder nach Kanada?«

»Weil die Geschäfte hier laufen.«

Er grinste. Nahm einen Schluck aus dem Teetopf, den der Aufdruck Angels Pee zierte, dann schlurfte er auf die Toilette zu, und als er sich bei offener Tür erleichtert hatte, wusch er sich ausnahmsweise die Hände, bevor er mich begrüßte: »Was ist es diesmal? Oder ist das ein Staatsbesuch?«

Wir kamen gut miteinander aus. Ich hatte für Lam schon als Polizist immer das gehabt, was die

Engländer eine weiche Stelle nennen, und bei lächerlich kleinen Delikten mit Lams Handschrift hatte ich mir öfters offiziell keinen Rat gewußt, was man als Unzuverlässigkeit im Dienst bezeichnen kann, wenn man will. Nur daß mich wirklich große Ganoven, viel größere als Lam einer war, eben immer mehr interessiert hatten als dieser Schlucker, der bestenfalls mal ein Gepäckfach knackte oder die Tageskasse eines Wettbüros.

»Kein Staatsbesuch«, beruhigte ich ihn, obwohl er ja wußte, daß ich schon lange nicht mehr bei der Polizei war. Und dann sagte ich, nachdem wir uns beide versichert hatten, unsere Gesundheit und die der werten Familien sei blendend, unvermittelt: »Bullock 72700.«

Er sah mich an wie jemand, der das Radioprogramm von HK-2 verlesen bekommt. »Bullock. Haustürschloß?« Dabei der gelangweilte Blick, und anschließend gleich die Frage: »Hörte ich da vorhin nicht Papier knistern?«

Er hatte nichts verlernt. Ich zog den Geldschein wieder hervor.

Er warf einen Blick darauf und wollte wissen: »Hier im Zentraldistrikt?«

»Garden Road.«

Er nickte. »Weiter nichts?«

»Türschloß.«

Eine Handbewegung. Und dann: »Knistere mal noch ein bißchen. Oder bist du knapp dran?«

Ich zog einen weiteren Schein aus der Tasche und kam zur Hauptsache: »Bullock 72700!«

»Sagtest du vorhin schon. Safe, ja?«

Als ich das bestätigte, meinte er: »Könntest du eigentlich allein machen. Bloß mit dem Stethoskop. Drehst alle Zahlen durch. Die Reihenfolge ergibt sich aus der Lautstärke beim Einrasten. Die Lauten zuerst ...«

Er blickte auf meine Hand, die die Geldscheine hielt. Trank wieder einen Schluck Tee. Bemerkte dann beiläufig: »Knistert gar nicht mehr ...«

Ich zog einen dritten Schein und verlangte: »Aber nur, wenn du mitkommst und es selber machst. Mein Gehör ist nicht so gut ...«

Nun wollte er wissen, was für eine Einrichtung es war. Als ich ihm eröffnete, es sei eine Anwaltskanzlei, und wir wollten nichts entwenden, nur ein Dokument auf einem im Vorzimmer stehenden Kopierer ablichten, schwieg er, bis ich die drei Scheine faltete und ihm in die Tasche seines arg verschwitzten Arbeitshemdes schob.

»Garden Road, sagtest du?«

»Sagte ich, ja.«

»Und da ist keiner, der uns Ärger machen kann?«

Ich schloß das aus, und nachdem er zugesagt hatte, fuhr ich zuerst zum »Hibiskus«, wo meine Mutter versuchte, mich mit einer süßen, kantonesischen Nudelspeise zu verwöhnen, was ich – ehrlich! – nur bis zu einer gewissen Grenze mitmachte. Später widerstand ich der Versuchung heroisch, auch noch Schokoladenpudding zu essen, weshalb meine Mutter sich in Gegenwart einiger Gäste ziemlich überzeugend die Frage stellte, ob es sich bei mir wirklich um ihren eigenen Sohn handelte, für den sie gekocht hatte, als er noch ein kindliches Schleckermaul war, und der dann (warum wohl?) selbst den Beruf des Hotelkochs erlernt hatte. Wir hatten noch eine Menge Spaß. Bis dann, etwas mehr als zwei Stunden vor Mitternacht, als die Büros schon lange geschlossen waren, die Zeit heranrückte, zu der ich mich mit Lam verabredet hatte. Und da hatte ich mir noch einen besonderen Dreh ausgedacht.

Im Telefonverzeichnis suchte ich den Hausanschluß des Herrn Dr. Bu Yon heraus, die Adresse auf dem Peak.

Meine Mutter hatte ich genau instruiert, und sie machte das Spiel mit, allerdings nicht ohne mich zu ermahnen, daß ich mich doch endlich an ein anständiges Leben gewöhnen solle.

Ich wählte auf meinem Handy die Nummer des Rechtsanwalts, und als er sich aus seinem Haus am Peak meldete, sprudelte meine Mutter – wie wir es geübt hatten – ohne Punkt und Komma los: »Sir, ich bitte tausendmal um Verzeihung, die Pizzeria Morettino ist hier, wegen der von Ihnen für den Spätimbiß bestellten Pasta Florentina, Sie hatten da einen Extrawunsch für die Pilze in der Soße, aber es ist die Notiz verlegt worden, und wir sind untröstlich, weil wir nicht mehr wissen, waren es Pfifferlinge oder Morcheln, die Sie bevorzugten, und da wir bei der Zubereitung sind, blieb keine andere Wahl mehr, als Sie untertänigst zu fragen, auf diesem Wege, was wir zu entschuldigen bitten, aber so sehr wir uns bemüht haben ... wie bitte? Sie haben keine Pasta bestellt? Sind Sie denn nicht Mister Lanzoni? Nein? Aber, bei allen Heiligen, dann muß beim Wählen etwas falsch gemacht worden sein ... ich bitte in aller Form um Verzeihung, Sir, haben Sie nicht die Nummer 31275 ... Bitte? Entschuldigen Sie, Sir, bitte, nochmals ...«

Sie gab mir das Handy zurück und wischte sich den Schweiß von der Stirn. »Er mag überhaupt keine Pilze. Weder Pfifferlinge noch Morcheln!«

Ich versicherte meiner Mutter, daß jeder Kenner ihr schauspielerisches Talent bestätigen würde, aber noch bevor sie das kommentieren konnte, war ich weg. Mister Bu Yon war am Peak, genoß den Abend in seinem Haus. Wir würden in seinem Büro ungestört arbeiten können.

Lam wartete schon. Wir fuhren bis in die Nähe des Pacific Towers, wo es um diese Zeit möglich war, ein Auto zu parken. Um die Nummer 102 herum lief noch der übliche Spätabendbetrieb. Die letzten Touristen wandelten über die Bürgersteige, etwas träge schon, eben zwischen Abendessen und Nachtschlaf. Vereinzelte Pärchen standen vor den Auslagen der Juweliere und berieten, ob sie den Ehering sofort oder erst später kaufen sollten.

Die Delikatessenhändler hatten nach Ladenschluß das rötliche Licht über den Behältern mit den Krebsen eingeschaltet, das die Tiere so appetitlich erscheinen ließ. Ausnahmsweise gab es mal keine Polizeisirenen, niemand demonstrierte heute gegen Peking oder für Prinzessin Diana, das schärfste Auge konnte weit und breit nichts entdecken, was Gefahr verhieß.

Wir standen unter dem Eingang der Nummer 102, und ich sagte über die Schulter zu Lam: »Los!«

Er zupfte mich am Ärmel und flüsterte: »So komm du lieber endlich!«

Der Kerl hatte das Haustürschloß der Büroburg längst geöffnet, während ich noch nach möglichen Gefahren Ausschau hielt. Er grinste, als er mir anvertraute, er wolle ja nicht die ganze Nacht hier verbringen.

Auf der Treppe, die wir nehmen mußten, weil der Fahrstuhl natürlich abgestellt war, begann er mit hochgereckter Nase in die abgestandene Luft zu schnuppern, bis ich ihn flüsternd fragte, ob er sich etwa erkältet habe. Das verneinte er und sagte: »Geruch von Schweißbrenner.«

Ich roch nichts Auffälliges. Diese Büropaläste waren ziemlich geruchsneutral, sie wurden jeden Tag mit chemischen Substanzen von allem gereinigt, was nach Computertinte, Papier oder anderen Utensilien des Gewerbes stank. Vielleicht gab es ein neues Damenparfüm mit dem zugkräftigen Namen Schweißnaht, das die Sekretärinnen benutzten und das Lam noch nicht kannte – man mußte in Hongkong auf buchstäblich jeden Unsinn vorbereitet sein.

An der Tür zu Bu Yons Kanzlei flüsterte Lam mir zu: »Ist offen ...«

Das machte mich vorsichtig. Ich hatte keine Waffe dabei, aber ich schob die Tür auf und schlich, so leise ich konnte, zuerst in das Vorzimmer und dann in den großen Büroraum Bu Yons, in dem wir miteinander gesprochen hatten. Immer rechnete ich damit, daß plötzlich das Licht anging, der Herr der Akten aus einer dunklen Ecke trat und mich höflich fragte: »Haben Sie etwas bei mir vergessen, Mister Lim Tok ...?«

Das passierte zwar nicht, aber als Lam, der mir gefolgt war, den Lichtkegel seiner Taschenlampe jetzt kreisen ließ, stoppte er ihn auf dem Safe, und nun wurde mir schlagartig klar, daß Lam mit seiner Feststellung, es rieche nach Schweißbrenner, recht gehabt hatte: um das Schloß herum war der Safe säuberlich aufgeschweißt worden. Das herausgeschweißte Schloß lag auf dem Boden. Die Tür war angelehnt. Jetzt roch auch ich das, was Lam mit seiner feinen Nase bereits unten an der Tür erschnüffelt hatte.

»Pfuscher«, sagte er. Und dann: »Wozu hast du mich eigentlich mitgenommen?«

Es war nicht die Zeit für lange Erörterungen. Deshalb schickte ich Lam ins Vorzimmer, dort sollte er aufpassen, daß ich nicht überrascht werden konnte. Ich selbst tippte an die Stahltür des Safes. Nicht mehr heiß, aber immerhin noch handwarm. Wer immer hier gewesen war, mußte vor etwa ein bis zwei Stunden den Safe geknackt haben.

Ich nahm ein herumliegendes Lineal und schob die Tür damit auf. Leuchtete mit der Lampe Lams hinein. Da war eine Pistole, die viel zu elegant aussah, um gefährlich sein zu können, außerdem ein

Päckchen mit Fotografien, die Mister Bu Yon vielleicht gar nicht so gern in fremden Händen gesehen hätte, da waren zwei Stapel mit unterschiedlich dicken Akten, und ein Kasten mit eingehängten Mappen, der originellerweise mit einem weißen Stift beschriftet war. In der traditionellen chinesischen Trauerfarbe war vermerkt, daß es sich um Letztwillige Verfügungen handelte. Der Kasten war herausgenommen und nicht sehr sorgfältig behandelt worden, das sah man. Einige der eingehängten Mappen hingen schief, Blätter hatten sich gelöst, Zeichen dafür, daß hier hastig gesucht worden war.

Ich besah mir einige der Einhänger. Konnte lesen, daß der Juwelier Mister Chow, kinderlos und unverschuldet, seine Frau und seine einzige Schwester als Erben einsetzte und zwar unter der Bedingung, daß beide nicht etwa nochmals heirateten, und daß sie das Geschäft weiterführten.

Über Nan Fong, den Spezialisten für antiquarische orientalische Möbel von hohem Wert, las ich, daß nach Abtragung der Schulden Geschäft und Werkstatt verkauft und der Ertrag gleichmäßig unter acht Kinder – darunter zwei aus nichtehelichen Verhältnissen – aufzuteilen sei.

David Liu, wohnhaft in Kowloon, gab zu, ein stilles Konto in der First American zu haben, das sollte seiner Zweitfrau Hu Lo zufallen. Die rechtmäßig Angetraute des Besitzers einer Vertriebsorganisation für Stickereien, Elfenbeinschnitzereien, handgemalte chinesische Bilder, Uralt-Porzellane und ähnliche Preziosen wurde von ihm enterbt mit der Begründung, sie sei entgegen ihrer Versicherung seinerzeit nicht als Jungfrau in die Ehe gekommen ...

Dann fand ich die Mappe mit der Aufschrift Mr. Yueh Po-chai, *Pacific Voice*. Sie war leer. Wer immer vor uns dagewesen war und den Bullock aufgeschweißt hatte, war auf genau dieses Testament aus gewesen.

Mir blieb nichts weiter übrig, als den Kasten mit dem skandalträchtigen, aber für meinen Auftrag völlig unergiebigen Inhalt wieder an seinen Platz zu stellen, wobei ich mich bemühte, keine Fingerabdrücke zu hinterlassen.

Auch das Lineal wischte ich sorgsam ab, ebenso die Türdrücker, als wir die Stätte der Enttäuschung verließen.

Lam grinste unverschämt. Lud mich zu einem Bier ein, unweit von seiner Werkstatt. Meinte dabei: »Du solltest dich tatsächlich hier ausgiebig mit mir sehen lassen, schon für den Fall, daß du ein Alibi nötig hast ...«

Er bezahlte sogar, was mich überraschte, denn Lam war eigentlich ziemlich geizig, jedenfalls kannte ich ihn bisher nicht als Zahler. Mag sein, daß ihn die Pleite mit dem aufgeschweißten Bullock so erheitert hatte, daß er spendabel wurde. Immerhin wohl nur für kurze Zeit. Ich bedauerte, daß es in der Kneipe kein besseres Bier gab, man schenkte hier ein undefinierbares Faßgebräu aus, das vermutlich ein Billigangebot aus einem afrikanischen Entwicklungsland war, es schmeckte leicht nach Waschpulver, wie mir schien, aber auch nicht gerade nach einem der besseren Sorte. Indessen – wir hatten beide Durst und ignorierten das, ohne den Zapfer zu erschlagen.

Später bedankte sich Lam nicht ohne Spott bei mir für den schönen Auftrag: »Wenn du wieder mal sowas für mich hast, du bist willkommen!«

Ich hätte ihm am liebsten einen Abfallkorb nachgeschmissen, aber die Dinger, die sie unlängst zur Förderung der Sauberkeit im Vorzeigeland Hongkong aufgestellt hatten, waren zu schwer.

Eine Weile überlegte ich, ob ich Bobby Hsiang benachrichtigen sollte. Aber ich ließ das bleiben. Bobby würde, wenn er die Sache untersuchte, in die Verlegenheit kommen, den Namen desjenigen nennen zu müssen, der ihn aufmerksam gemacht hatte! Doch dann änderte ich meine Meinung. Nämlich als Bobby mich anrief. Ich war schon auf meiner Dschunke und hatte mich damit abgefunden, daß Pipi diese Nacht im Hotel verbringen würde, weil ihr Dienst bereits vor Sonnenaufgang begann. Gerade zog ich eine Büchse Lions auf, ein Bier, das angeblich aus Thailand kam, das aber trotz des knalligen Aufdrucks, der die Büchse zierte, mindestens ebenso gut wie Hongkonger Produkte schmeckte, als ich Bobbys Stimme aus meinem Handy vernahm: »Wir haben die Identität des Killers festgestellt, dem Yueh Lo-tsin das Genick brach. Name Ba Kwon. Nicht gemeldet. Aber nach Aussagen von Gewährsleuten in Mong Kok schon längere Zeit in Kowloon. Zugehörigkeit zu San Tien Hui so gut wie sicher. Alter Teochiu-Tong. Den Fisch mit den drei Punkten würde sich niemand an den Finger tätowieren lassen, wenn er nicht tatsächlich dazu gehörte. Überlieferte Sitte, aus der Zeit, als Shantou noch den guten englischen Namen Swatou trug. Die Teochiu sind da heute noch verdammt traditionsbewußt, obwohl man ihnen nachsagt, sie hätten sich mit Peking einigermaßen arrangiert. Genau weiß das aber keiner. Pistole nicht registriert. Kann aus amerikanischen Armeebeständen stammen ... das ist erst einmal alles. Ach ja, einer der Shantouer Clanchefs, die hier bei uns residieren, heißt Chao Yan. Sitzt in Mong Kok. Shanghai Street. Boss vom Edeltanzschuppen Suzie Wong. Achtung! Dort oben haben wir jeden Monat bis zu vier Leichen! Sonst was?«

Ich überlegte nur kurz. Entschied mich dafür, ihm reinen Wein einzuschenken. Bobby hörte sich meine Geschichte kommentarlos an. Am Schluß knurrte er: »Okay Nehme es sozusagen privat zur Kenntnis. Sobald der Einbruch offiziell gemeldet wird, werde ich mich einschalten ... dich hat niemand dort gesehen, oder?«

Ich gab salbungsvoll zurück: »Nur der Mond war mein Zeuge!«

Bobby riet mir, bevor er das Gespräch beendete: »Werd endlich erwachsen, Junge, denk daran, du hast es hier mit Kerlen zu tun, die bringen dich schneller um, als du die Hose zuknöpfen kannst!«

»Ich habe da einen Reißverschluß«, erinnerte ich ihn. Er legte prompt auf.

Sie hatte eine Altstimme, von der mißgünstige Leute sagen konnten, sie klinge heiser und blechern. Das stimmte sogar. Aber sie war für mich eben gerade deswegen genau das, was ich an der Stimme einer Kneipensängerin schätzte, weil man es heute so selten antraf: sie war erwachsen! Die Frau vollführte nicht das jetzt in allen Billigschuppen üblich gewordene Infantilgeplärr, sie wackelte weder mit dem Hintern noch mit den Brüsten, sie schnitt auch keine Grimassen, fletschte nicht die Zähne, ruderte nicht mit den Armen, schwang nicht die Beine, aber – mit jedem gesungenen Wort erzeugte sie Gefühlsregungen.

Ob sie ihre Wirkung kannte? Wie sie beinahe unbeteiligt ihre Zeilen herunterzusang. Das schien wohl nur so. Ich begriff bald, nach einigem Zuhören, daß gerade dieses scheinbare Unbeteiligtsein an dem, was sie sang, die besondere Note ihrer Darbietung war.

Dabei sang sie auch nicht etwa eine dieser modernen Radaunummern nach der anderen, nein, sie wählte ganz offenbar gut aus. Oder ihr Impresario? Hatte sie einen? Gerade erzählte sie die tausend Jahre alte Geschichte von vergangener Liebe, von entschwundenem Glück, von traurigen Stunden, die eine Frau mit dem Lied aus besseren Zeiten verbringt, träumend, weinend vielleicht, an den Liebhaber von einst denkend: »Sing mir das Lied noch einmal, traurig gewordene Gitarre ...«

Die Stimme, die ich so schnell nicht vergessen würde in dieser Inflation von Säuselschranzen, wandte sich an das Instrument. Nicht klagend. Aber so, daß jeder Zuhörer begriff, sie erwartete gar keine Antwort. Man liebte sie für die Inkaufnahme der Vergeblichkeit.

Obwohl das alles haarscharf am Rande des Musikkitsches entlang schlidderte, bewunderte ich das Naturtalent der schwarzhaarigen Dame. Ich hielt sie für eine Amerikanerin mit nicht ganz akzentfreier Aussprache. Sie konnte Leute in einen Zustand versetzen, in dem sie nicht auf die Idee kamen, zu randalieren, in dem sie nicht einmal ihre Gläser anrührten, keine Zigaretten anbrannten. Die Sängerin brachte es scheinbar ohne Anstrengung fertig, in dem Lokal eine Stimmung zu erzeugen, von der keiner dieser von jeder Zeitung nach ihrer Meinung über alles mögliche befragten, johlkundigen, von der Scheibenindustrie zum Zwecke des Geldabschöpfens auf ganze Sportstadien voller junger Leute gehetzten Jammerlappen auch nur mal was gehört hatte. Eine Klasse für sich war diese Frau.

Sie hieß Marietta Moreano. Jedenfalls war das auf der Leuchtschrift über der Bühne zu lesen. Ich hatte mich an einem der kleinen Tische niedergelassen, und jetzt, als der Beifall für Miß Moreano verklang, erkundigte sich ein Kellner beinahe flüsternd, wie wenn er nicht stören wollte, bei mir: »Wünsche, Sir?«

Ich wünschte mir einen Scotch mit viel Wasser, ohne Eis. Und dann schob ich dem Kellner eine Banknote zu: »Meine Frage ist – wäre es mit den Sitten des Hauses vereinbar, die Sängerin zu einem Drink einzuladen?«

Der Mann war gar nicht erstaunt. Offenbar wurde er öfters um solche Auskünfte angegangen. Er fragte gelassen zurück: »Haben Sie eine Visitenkarte, Sir?«

Ich hatte eine mit dem Aufdruck meines Berufs. Er nahm sie, ohne sie anzusehen. Machte mich aufmerksam: »Manchmal sagt sie nein. Heute ist sie gutgelaunt. Bitte, Sir, sie trinkt nur Sekt. Französischen. Und – nix abschleppen! Ist nur ein freundlich gemeinter Tip von mir, Sir.«

»Ich bin dankbar dafür. Verheiratet?«

»Ich?«

»Die Dame!«

Er bewegte die Schultern. »Habe noch keinen Ehemann um sie herum gesehen ...«

Als er den Scotch brachte, teilte er mir mit: »Mrs. Moreano läßt für die Einladung danken. Sie hat laut Vertrag noch ...« Er sah auf seine Uhr. »... Siebenundzwanzig Minuten zu singen. Mit Pausen. Danach wird sie sich freuen, mit Ihnen ein Glas zu trinken. Sie bevorzugt die Marke der Witwe Cliquot, wenn ich darauf noch aufmerksam machen darf ...«

Ich hatte inzwischen gemerkt, daß dieses Suzie Wong, obwohl der Name das hätte andeuten können, und zumal es in einem sehr einschlägigen Bezirk der Stadt lag, keine billige Abschleppkneipe war. So schärfte ich dem Kellner ein, zu gegebener Zeit den Sekt zu bringen, und dann lehnte ich mich zurück und genoß den Abend, vor allem den Reiz, den die Stimme der Dame Moreano auf mich ausübte. Und ich dachte an den Zusammenhang, den es zwischen dem von Mister Yueh Lo-tsin erschlagenen Killer, dem Tong San Tien Hui und dem Chef dieses noblen Etablissements geben konnte.

Chao Yan hieß der Chef des Suzie Wong. Der Name sagte mir vorerst nicht allzuviel. Aber ins Grübeln kam ich doch ...

Als Polizist schon war ich zwangsläufig mit dem urchinesischen Problem der Familien-Tongs und Triaden beschäftigt gewesen, weil sie einen nicht geringen Teil der kriminellen Aktivitäten in Hongkong bestimmten. Ebenso wie in vielen Ländern der Welt, in denen sich Chinesen niedergelassen haben. Wir sind eine der Nationalitäten, die den größten Anteil an Auswanderern gestellt haben, im Verlaufe von Jahrhunderten. Es waren denn auch diese chinesischen Auswanderer, die im fremden Land, meist ungeliebt ob ihrer Sitten, verspottet, auf vielerlei Art benachteiligt, sich sozusagen zur besseren Wahrung ihrer Interessen zu Tongs zusammenschlossen, Grüppchen der Selbsthilfe, wie es sie auch zu Hause im Familienverband schon zur Verteidigung gegen die Willkür der kaiserlichen Regenten gegeben hatte. Von da bis zu den ersten kriminellen Unternehmungen, die nicht selten der an sich legitimen Wahrung eigener Interessen dienten, die sich eben oftmals nur noch mit kriminellen Mitteln erreichen ließ, war der Weg nur kurz. Man wehrte sich gegen Erpresser – wenn man Erfolg haben wollte, mußte man sie töten. Man sah sich aus Existenzgründen gezwungen, den Absatz der Glückskeks, die man buk, zu steigern – am Ende wurde der unfairste Konkurrent, der einem den Weg verbaute, verunglückt. Man wollte einem Angehörigen des gleichen Clans, der in Burma lebte, ein Geschäft nicht abschlagen, zumal es viel einbrachte: also verhökerte man Drogen aus dem Goldenen Dreieck ... so stockte sich das auf. Auch über Jahrhunderte. Mit dem Erfolg, daß aus Gruppen, die man anfangs gerade noch als Selbsthilfevereinigungen hätte bezeichnen können, nach und nach mit allen Wassern gewaschene Gangs wurden. Sie waren bald untereinander verflochten, oder sie waren verfeindet, arbeiteten miteinander oder gegeneinander, schmuggelten Opium oder Gold, handelten mit jungen Mädchen oder erpreßten alte Millionäre – für die Tongs gab es, wie für die Triaden, die von Anfang an kriminelle Ziele hatten, kein Gebiet, auf dem sie nicht tätig waren. Selbst in den Verwaltungen nisteten sie sich ein. Sie verschafften sich und anderen Verbindungen oder umschifften Gesetze. Und die mit dem auf den Mittelfinger tätowierten Drei-Sterne-Fisch, die aus dem Gebiet um Swatou, dem heutigen Shantou, die Nachkommen der Teochiu-Familien, die unter der Bezeichnung San Tien Hui liefen, gehörten zu den Ausgekochtesten. Selbst hartgesottene Triadenbosse, so hieß es, machten um sie einen Bogen, wenn es denn möglich war.

Knappe dreihundert Kilometer an der Küste nordwärts lag dieses Shantou. Heute eine jener vom Seeschiffsbau, dem Fischfang, dem Handel mit Seide, Tabakwaren und Tee lebenden Dreihunderttausend-Seelen-Hafenstädte des Mutterlandes.

Wir hatten in meiner Zeit bei der Polizei einen Fall von Perlenschmuggel gehabt, bei dem es einen Toten gab, und damals war ich genötigt gewesen, mich mit der Herkunft der vermeintlichen Täter, mit ihren möglichen Motiven und vor allem mit ihren Methoden vertraut zu machen. Es waren Teochiu aus der Gegend um Shantou gewesen. Seitdem wußte ich, daß sie gefährlich waren wie aufgestörte Skorpione. Die Volksrepublik hatte zwar das organisierte Verbrechertum seit ihrem Bestehen mit härtesten Methoden verfolgt, allein ich begriff damals schon, daß selbst damit das Gewebe der Teochiu-Tongs und ihre vielfältigen Verbindungen in ganz Asien, bis nach Amerika oder Europa nicht in den Griff zu bekommen waren. Man erreichte wohl im wesentlichen, daß die Tongs sich im Mutterland zurückhielten.

Der Tote von damals war ein Verräter gewesen, der sich in einen der Tongs eingeschlichen hatte, die zur Zeit des Krieges umfangreichen Perlenschmuggel mit Süd-Vietnam betrieben.

Ausgewanderte Shantouer Teochiu, das lernte ich im Verlaufe der Ermittlungen, stellten im Süden Vietnams die reichsten Reisaufkäufer und Händler. Viele von ihnen machten ihre Geschäfte mit den Amerikanern und gleichzeitig auch mit der Befreiungsfront. Die brauchte Waffen, bevorzugt amerikanische, weil es für die immer ausreichend Munitionsnachschub gab. Aber für Reis oder Dollars verschoben die Magazinverwalter in den Militärstützpunkten nicht einmal lächerliche Gewehre, geschweige denn Panzerabwehrraketen, Tränengasgranaten oder ähnliche Raritäten – Perlen mußten es sein! Darauf waren die korrupten Offiziere in den Materiallagern scharf. Perlen waren der legendäre Schatz dieses Landstrichs. Brachte man sie in die Vereinigten Staaten, erzielten sie Phantasiepreise. Abgesehen davon, daß die Frauen sie schätzten ...

Die Sippe aus China schickte Perlen. Saigoner Teochiu verhökerten sie an die Amerikaner für Waffen und Gerät, das an die Befreiungsfront ging. Auf diese Weise sicherten sich die reichsten Reishändler bereits frühzeitig die Sympathie der Kommunisten, vielfach auch im voraus schon ihre stillschweigende Duldung als Privatkapitalisten in einer Zeit, in der die Kommunisten das Land regieren würden. Deren Absichten für später waren bekannt, aber das Geschäft mit den Perlen würde auf jeden Fall dafür sorgen, daß man als chinesischer Händler, nachdem die Amerikaner abgezogen waren, von den neuen Herren honorig behandelt würde, daß man eine Chance bekam.

Nur daß eben in diesem besonderen Falle die Amerikaner einen Informanten in das Geschäft eingeschleust hatten. Wir bargen ihn als Leiche. Wir fanden auch heraus, weshalb er hatte sterben müssen, wenngleich wir den Täter nicht mehr erwischten.

Die Amerikaner honorierten unsere Arbeit übrigens nicht. Als wir ihnen den Toten anboten, weigerten sie sich, ihn anzunehmen – es gäbe keinen Mitarbeiter dieses Namens in ihren Akten. Also ließen wir ihn auf dem Adventistenfriedhof an der Wong Nai, gegenüber der Happy-Valley-Rennbahn begraben. Die Bestattung wurde von einer Gruppe Teochiu-Familien bezahlt. Und wir Polizisten vergaßen weder den Vorfall, noch das, was wir über die Tongs der Teochiu aus dem Shantouer Gebiet gelernt hatten. Bis heute. Auch wenn wir längst nicht mehr bei der Polizei arbeiteten ...

Mrs. Moreano sang etwas über Pancho Villa, den Jefe. Trauriger Song. Die Stimme der Dame machte ihn unvergeßlich. Ich wartete darauf, daß sie mir vielleicht einen Blick zuwarf, aber sie tat das nicht. Ihr Blick, der durch den großen Saal schweifte, war seltsam leer. Wie bei jemandem, der Drogen nahm. Warum war ich eigentlich sicher, daß sie keine nahm? Ich grübelte über diese Frau nach, ohne es so recht zu wollen. Erwischte mich dabei, und als eine reichliche halbe Stunde vergangen war, kam es mir so vor, als würde mir etwas fehlen, weil die traurige, eintönige Stimme nicht mehr sang.

Der Beifall war großartig gewesen. Mancher kam wohl eigens ihretwegen hierher. Nach allem, was man von Verrenkungen auf der Bühne in Hongkong gewohnt war, bei gleichzeitigem Fehlen auch nur der geringsten Befähigung, ein Lied zu singen, war dies hier eine der angenehmsten Überraschungen seit der Abschiedsrede unseres letzten Gouverneurs, des Mister Patten.

Ich bestellte mir noch ein Bier ...

Während ich mir Gedanken darüber machte, wie eine Frau ihres Namens, mit ihrem Talent ausgestattet, dazu kam, ausgerechnet im Suzie Wong in Kowloon zu gastieren, sagte die etwas heiser klingende Stimme hinter mir halblaut: »Hallo, Mister Lim Tok ...«

Ich fuhr herum, schmiß beinahe mein Bierglas um, und als ich sah, daß Mrs. Moreano den Anflug eines Lächelns im Gesicht hatte, brachte ich es fertig, sie so artig wie möglich zu begrüßen, ihr den Stuhl zurechtzurücken und schließlich dem Kellner das Zeichen zu geben, daß jetzt der Sekt erwünscht sei.

»Verzeihung«, sagte ich dann, nachdem ich das Glück begriff, die Dame ganz für mich allein an meinem Tisch zu haben, obwohl mir andere Plätze dafür lieber gewesen wären, und obwohl ich in den Blicken einer erheblichen Anzahl männlicher Augenpaare, die sich auf uns richteten, vermeinte, genau denselben Wunsch auch lesen zu können. Neidisch? Neugierig? Mißtrauisch?

»Ich habe noch nie das Vergnügen gehabt, mit einem Detektiv Sekt zu trinken«, gestand sie mir mit ihrer gefährlichen Stimme, während der Kellner den Eiskübel zurechtrückte, nachdem er unsere Gläser gefüllt hatte.

»Dann wollen wir gleich damit anfangen, Mrs. Moreano!« Ich war wieder unter den Lebenden, die Befangenheit verflog.

Die Band, die sich jetzt ohne Sängerin austobte, spielte Blue Moon, und ich hoffte insgeheim, daß die Frau nicht etwa den Wunsch äußerte, zu tanzen – ich bin in dieser populären Disziplin der menschlichen Vergnügungen lausig.

Aber sie dachte nicht daran. Und ich nahm die Gelegenheit wahr, um mich erst einmal darüber zu informieren, woher diese Nichtchinesin eigentlich kam. Also blickte ich sie an, wie ein Fan seinen Leibkünstler, und sagte: »Ich muß Ihnen ein Geständnis machen, Madame Moreano, die Art, auf die Sie Englisch sprechen, macht jedes Ihrer Lieder für mich zu einem ganz besonderen Erlebnis ...«

Sie stellte ihr Glas ab. »Sie meinen, es klingt etwas hart?«

Zögernd gab ich zu: »Man könnte es so nennen, ja ...«

Ungeniert klärte sie mich auf, in dem gleichen, viel zu harten Englisch: »Gar nicht verwunderlich, ich bin in Mexiko zu Hause.«

»Eine blendende Idee, daß Sie hier ein Gastspiel geben!«

Sie griff wieder nach dem Sektglas, nahm einen beherzten Schluck, den sie genußvoll über die Zunge rollen ließ, und dann sah sie mich lächelnd an, als habe sie meine Methode, sie auszufragen, längst durchschaut. Ich hatte ohnehin nicht geglaubt, eine Frau mit dem Intelligenzquotienten ihrer Schuhgröße vor mir zu haben, aber womit sie mich jetzt überraschte, das machte selbst mich für ein paar Sekunden still. Sie sagte nämlich mit unnachahmlicher Freundlichkeit: »Mister Lim Tok, Sie müssen sich nicht mühsam und auf Umwegen zu der Frage vorarbeiten, die Sie von mir eigentlich beantwortet haben möchten – es ist schon in Ordnung, wenn Sie sie ohne Umschweife stellen ...« Dabei öffnete sie den Mund, entblößte zwei Reihen perlweißer Zähne, die überdies auch nicht viel größer als Perlen waren, lachte und fügte noch an: »Wissen Sie, wenn mich ein Detektiv auf einen Drink einlädt, ausgerechnet im Etablissement meines Schwagers, dann will er vermutlich etwas über Chao Yan wissen. Ist das nicht so?«

Ehe ich noch ganz mit dem Überlegen fertig war, was ich wohl darauf klugerweise antworten könnte, amüsierte sie sich: »Jetzt machen Sie ein Gesicht wie mein verstorbener Mann nach unserem ersten Essen beim Griechen!«

Ich raffte mich auf: »Ihr ... verstorbener Mann war der Bruder von Herrn Chao Yan?«

»Wußten Sie das nicht?«

»Nein«, gestand ich.

»Er war nach Amerika ausgewandert. Fand dann eine bessere Chance in Acapulco. Und fand mich dort. Leider starb er vor einem halben Jahr ...«

»Welch Glück, daß es Herrn Chao Yan gibt, der Ihnen über eine gewiß nicht ganz leichte Zeit helfen kann!«

Mrs. Moreano griff sich wieder das Glas. Diesmal trank sie es mit einem achtbaren Zug leer, winkte dem Kellner, der sofort zum Nachfüllen herbeieilte, und als wir wieder unter uns waren, sagte sie ebenso freundlich, wie sie vorher gesprochen hatte, zu mir: »Lassen Sie uns nicht um die Sache herumreden – Sie haben ein Anliegen. Sagen Sie mir, was Sie über meinen Schwager wissen wollen. Ich entscheide dann, was ich Ihnen antworte.«

Da war nichts zu machen, als mit der Wahrheit herauszurücken. Die Frau hatte mich überrumpelt, ohne sich ernsthaft anzustrengen. Warum eigentlich nicht offen mit ihr reden? Was sie nicht sagte – nun gut. Vielleicht wußte sie ja auch gar nicht alles, was es zu Chao Yan zu sagen gab ...

»Ich muß mich dafür entschuldigen, daß Sie recht haben«, bekannte ich. Aber ich ließ es nicht allein dabei. »Allerdings – als ich hierher aufbrach, wußte ich nicht, daß es Sie hier gibt. Und bis Sie es mir sagten, ahnte ich auch nicht, daß Sie mit Herrn Chao Yang verwandt sind. Werden Sie in Hongkong bleiben?«

»Nein«, gab sie mit gleichbleibender Freundlichkeit zurück. »Aber Sie wollten doch sicher wissen, ob mich geschäftlich etwas mit meinem Schwager verbindet. Ebenfalls nein. Und damit keine Mißverständnisse aufkommen, mein verstorbener Mann gehörte nicht ... nun, sagen wir, er gehörte nicht dem gleichen Verein an wie sein Bruder.«

»Sehr schön, wie Sie das so sagen!« Mehr fiel mir dazu nicht ein. Die Frau war entwaffnend. Auf welcher Seite stand sie?

Den Sekt ließ sie durch die Gurgel rauschen wie durstige Schuljungen Billig-Cola. Vielleicht war sie aus Mexiko härtere Sachen gewöhnt. Sie prostete mir zu, und als ich auch einen Schluck des teuren Gesöffs hinter mir hatte, klärte sie mich auf: »Mein Mann war weder Kaufmann noch heimattreuer Angehöriger eines sogenannten Stammesverbandes – Sie wissen schon, was ich damit meine – er war Jongleur.«

Ich konnte nicht verhindern, daß mir entfuhr: »Jongleur?«

»Ja. Im Varieté. Konnte, auf dem Kopf stehend, mit jedem Fuß eine Porzellanvase in der Größe einer Mülltonne balancieren, und gleichzeitig mit den Händen fünf Bälle ... Haben Sie das mal probiert?«

»Nein!«

»Ich rate Ihnen auch nicht dazu, wenn eine der Vasen Ihnen auf einen wertvollen Körperteil fällt, ist das nicht mehr zu reparieren. Ach, ich vergaß, gleichzeitig pfiff er dazu noch die mexikanische Nationalhymne. Also – was möchten Sie denn gern wissen?«

Mir blieb wohl nichts anderes übrig, als das Spiel, das sie mir hier anbot, mitzuspielen. So zog ich das Polaroidfoto von dem Toten, das der Polizeiarzt mir im Hotelzimmer von Yueh Lo-tsin gegeben hatte, aus der Tasche und legte es ihr hin: »Haben Sie den Mann schon einmal gesehen? Ich suche Leute, die ihn kennen ...«

Sie musterte das Bild. »Tot?«
»Tot, ja.«
»Ermordet?«
»Getötet, bei dem Versuch, jemanden zu ermorden.«
Ich riskierte es, offen zu ihr zu sein. Gelegentlich muß man das tun, um weiterzukommen. Offiziell galt Ba Kwon, der Killer, zwar als verschollen, und Yueh Lo-tsin, sein angebliches Opfer, als tot. Aber wenn ich bei dieser Sache etwas erfahren wollte, mußte ich wohl einen Köder auswerfen. Ich sah, wie die Frau das Bild wieder hinlegte und das Glas ergriff.
»Bei dem Versuch, jemanden zu ermorden, sagen Sie? Wie heißt er eigentlich?«
»Der Mann heißt Ba Kwon.«
Sie dachte eine Weile nach. Trank. Dann bemerkte sie gleichmütig: »Kennen wäre zuviel gesagt. Aber ich habe ihn hier schon gesehen ...«
Sie guckte enttäuscht in das schon wieder leere Glas und gab dem Kellner ein Signal. Der füllte auf.
»In Gesellschaft Ihres Herrn Schwagers?«
Sie zögerte, wofür ich ein gewisses Verständnis hatte. Dann aber, nachdem sie getrunken hatte, teilte sie mir mit: »Er saß an einem Tisch mit mehreren anderen Herren, die mein Schwager alle persönlich begrüßte. Ich nehme daher an, daß er sie kannte.«
»Glauben Sie, Ihr Herr Schwager könnte mir mehr über ihn sagen?«
Diesmal überlegte sie lange, bevor sie antwortete: »Es käme auf einen Versuch an. Aber wenn er mehr weiß, wird er es Ihnen vermutlich nicht sagen. Er wird Sie fragen, woher Sie Ba Kwon kennen, und wo er ist ...«
»Vorausgesetzt, Sie vergäßen das Foto, könnte ich ihm sagen, ich suche ihn ebenfalls«, schlug ich ihr vor.

Sie blickte hinüber zu der Kapelle, die gerade Mississippi spielte, mit viel Begeisterung. Aber ihr Interesse galt nicht den Musikern, sondern einem sehr gut gekleideten, älteren Chinesen, der an einer Tür aufgetaucht war, die in weiter hinten liegende Gemächer führte. Gleichzeitig erkundigte sie sich: »Soll ich ihn herbitten?«

»Ja«, sagte ich. Was kam, würde ich überstehen, so oder so. Hauptsache, ich erfuhr etwas, zur Not aus einer schroffen Reaktion Chao Yans.

Sie winkte ihm. Der Kellner brachte einen weiteren Stuhl, und ich hatte die Geistesgegenwart, noch eine Flasche Sekt zu ordern. Wie durch Zauberei stand sie im Kühler, noch bevor der Chef des Hauses, dem der Kellner den Wunsch seiner Schwägerin übermittelte, bei uns angelangt war.

Auch ein gefülltes Glas war da. Ich erhob mich höflich, als der Chinese mit dem ungemein gemütlichen Gesichtsausdruck und dem erstklassig sitzenden dunklen Anzug sich dezent verbeugte. Er hatte kurzes Haar und einen Mittelscheitel. Sah aus wie ein Sergeant, den wir mal vor vielen Jahren bei der Royal Police gehabt hatten, ich glaube, er war für die Asservatenkammer zuständig gewesen.

Mrs. Moreano sagte: »Hi, Yan, setz dich einen Augenblick zu Mister Lim Tok und mir. Er ist Detektiv, und er fragt nach einem Mann namens Ba Kwon. Hast du jemals von ihm gehört?«

Das Gesicht Chao Yans blieb so wie es vor Nennung des Namens gewesen war. Höflich und unbeteiligt. Er setzte sich, hob das Glas, prostete uns nacheinander artig zu, trank, und nachdem er das Glas abgesetzt hatte, wandte er sich lächelnd an mich: »Angenehm, Mister Lim Tok. Schön, Sie kennenzulernen. Ich hoffe, es gefällt Ihnen bei uns. Wie war der Name Ihres Freundes?«

»Ba Kwon«, wiederholte ich.

Unsere Aufmerksamkeit wurde von den Vorgängen auf der Bühne abgelenkt.

Dort trat eine Truppe auf, die sogenannte sprechende Bilder vorführte.

Eben noch war, in großartigem Kostüm, irgendein Prinz zu sehen gewesen, der mongolische Eindringlinge, die seltsam japanisch aussahen, mit dem Schwert bedroht und schließlich von der Bühne vertrieben hatte. Ich hatte ihn im Geschichtsunterricht offenbar verpaßt. Jetzt stellten ein muskulöser, bis auf ein Lendentuch nackter, von oben bis unten mit Öl eingeriebener Mann und eine ebenfalls hochgradig nackte, ebenfalls ölglänzende junge Frau eine Szene aus der hinduistischen Mythologie dar, die wohl die meisten Leute meines Alters in Hongkong kannten, nämlich Schiwa und Parwati beim göttlichen Kopulationsakt.

Ich mußte unwillkürlich lächeln, weil ich mich an vergangene Zeiten erinnerte: als ich noch zur Schule ging, pflegten wir Amulette (Made in India) mit der Darstellung genau dieses Augenblicks, in dem Parwati sich auf dem Schoß Schiwas niederläßt, von indischen Soldaten der britischen Armee, die in Kowloon stationiert waren, billig zu kaufen. Wir verhökerten sie dann für wesentlich bessere Preise an amerikanische GI's, die aus Vietnam nach Hongkong gekommen waren, um sich vom Krieg zu erholen. R & R nannte man das. Rest and Recreation. Dabei passierte im wesentlichen genau das, wobei man Schiwa und Parwati auf dem Amulett beobachten konnte, und wie wir erfuhren, passierte es mindestens ebenso häufig, wie es bei dem göttlichstarken Schiwa passiert sein soll. Weshalb die GI's aus Amerika für manche von uns auch zu Abkömmlingen der alten Götter mutierten.

Jedenfalls waren die Soldaten ganz wild auf die Amulette mit der Nachbildung des göttlichen Aktes, egal wie primitiv die Ausführung war. Die des Amuletts, nicht die des Aktes!

Als der gut geölte Schiwa-Darsteller auf der Bühne ein winziges bißchen in seinen Bemühungen nachließ, vielleicht hatte er einen Muskelkrampf, kam aus dem Saal, wo es so dunkel war, daß man nicht sehen konnte, wer sich da meldete, der anfeuernde Zwischenruf: »Mehr Kentucky Fried Chicken essen!«

Die Konkurrenz war offenbar auch anwesend, denn aus einer anderen Ecke riet jemand sogleich: »Lieber McDonalds Triple-Mac!«

Eine Weile hielt das Gelächter an, während die Darsteller schweißtreibend arbeiteten. Als es nach und nach erstarb, knurrte Chao Yan: »Wieder ein paar von diesen obszönen Kerlen da ...« Dann wandte er sich mir zu.

»Ba Kwon sagten Sie ...?«

»Sehr richtig, Ba Kwon. Ich erfuhr, daß die Polizei ihn sucht. Soll in dieser Gegend hier wohnen, wenn es stimmt, was Leute angegeben haben ...«

Er ließ sich mit einer Antwort Zeit. Auf der Bühne glitt inzwischen die Parwati-Darstellerin unter dem Beifall des Publikums vom Schoß des Schiwa-Darstellers und verbeugte sich.

Chao Yans Gesicht war so nichtssagend wie ein eben gewaschenes Handtuch, als er seelenruhig bemerkte: »Wo er wohnt, kann ich nicht sagen. Aber er ist hier gewesen. Hat sich für Gelegenheitsarbeiten angeboten. Warum sucht ihn die Polizei?«

»Mordverdacht.«

Er trank aus dem Sektglas. Spreizte vornehm den kleinen Finger dabei ab. Sein Gesicht blieb unbewegt. Den Typ kannte ich. War nicht zu unterschätzen. Mit dem gleichen unbeteiligten Gesicht pflegten solche Leute anderen die Mündung einer Achtunddreißiger an die Schläfe zu setzen und abzudrücken.

»Und warum suchen Sie ihn?«

Ich hatte mir inzwischen eine Antwort zurechtgelegt, die ich plausibel fand: »Mich hat die Familie eines Ermordeten engagiert, um festzustellen, ob Herr Ba Kwon tatsächlich an dem Mord beteiligt war, und warum ... oder ob die Polizei hier einfach jemanden beschuldigt, sozusagen willkürlich, weil sie keine Ahnung hat, was wirklich geschehen ist.«

Chao Yan machte gelassen: »So ... so ...«

Dann warf er einen Blick zur Bühne, wo sich gerade eine bunt geschminkte Dame verbeugte, einen Pudel auf dem Arm, den sie zum Beginn ihrer Darbietung über drei Katzen hinwegspringen ließ, die artig, und wie es schien auch furchtlos in einer Reihe saßen und sich putzten.

Mrs. Moreano teilte mir mit: »Nach dieser Nummer singe ich wieder, Mister Lim Tok. Es war mir ein Vergnügen, Sie kennenzulernen und zu hören, daß meine Darbietung Ihnen gefällt ...« Sie hob ihr Glas, und dann ging sie, wobei sie eine ganz leichte Spur des gegenwärtigen Modeduftes Obsession zurückließ. Wie ein Souvenir. Chao Yan stand ebenfalls auf und sagte höflich: »Mister Lim Tok, ich werde mich freuen, Sie wieder hier zu sehen ...«

Er verbeugte sich, dann folgte er seiner Schwägerin.

Ich grübelte eine Weile über die bemerkenswerte Frau nach. Mexikanerin. Würde sie Chao Yan von dem Polaroidfoto erzählen? Ihm sagen, daß Ba Kwon tot war? Und was würde Chao Yan daraufhin tun?

Gelegenheitsarbeiten hatte Ba Kwon für ihn verrichtet. Auch eine Art, es auszudrücken. Ob es überhaupt nötig war, daß Mrs. Moreano Chao Yan aufklärte? War er nicht längst über seine eigenen Kanäle informiert? Und wie würde er reagieren?

Selbst wenn ich in Betracht zog, daß ich eine interessante Karte aufgedeckt hatte, so war ich doch nicht sicher, daß sich daraus und aus meinem Besuch im Suzie Wong überhaupt die Konsequenzen ergaben, an denen ich interessiert war. Wenn auch die Frau ...

Sie stand inzwischen wieder auf der Bühne und sang Guantanamera. Ich gab dem Kellner ein generöses Trinkgeld, und als ich Marietta Moreano auf dem Weg zum Ausgang verstohlen zuwinkte, hob sie dort oben, im weißen Lichtbündel einiger Bühnenscheinwerfer stehend, und sich leicht im Rhythmus ihres Liedes wiegend, die Hand. Für mich. Ich war ziemlich stolz, als ich auf der Shanghai Street draußen ankam und der abendliche Lärm auf der Kowlooner Sündenmeile über mir zusammenschlug wie eine Woge am Strand über einem Surfrider.

Dabei hatte ich plötzlich das Gefühl, daß jemand mich beobachtete. Ich saß eine Weile in meinem Toyota und lauerte darauf, daß der Beobachter sich verriet. Besah mir das Gewimmel der Leute auf den Bürgersteigen und die bunten Lichter der Neonreklamen, die es abwechselnd in die grellsten Farben tauchten oder in filziger Dunkelheit versinken ließen. Wenn Sie jemals nach Hongkong kommen, werden Sie mir recht geben: hier gibt es nicht nur die verrücktesten Kombinationen von Neonschlangen über Läden und quer über Straßen oder Gassen – hier hat man auch die Erzeugung von Lichteffekten mit diesem Zeug am raffiniertesten entwickelt.

Abendliche Einkaufsbummler und Kinder, die zwischen ihnen auf Inline-Skates im Zickzack herumflitzten, machten einen Großteil des Betriebes an den Straßenrändern aus, dazu kamen die promenierenden Ladies der Nacht, aufmerksam äugende Matrosen, die Mützen weit ins Genick geschoben, Händler, die von Zeitungen über Zigaretten bis zu Pornovideos so gut wie alles anboten. Karren mit Obst und schwankende Doppelstockbusse, deren Flanken daran erinnerten, daß man um Himmels willen Pepsodent benutzen sollte, vervollständigten das Bild. Dazwischen langsam krauchende kleinc Autos, die gelegentlich noch vom letzten Taifun zurückgebliebene Riesenpfützen in Fontänen seitwärts beförderten, Rikschas, Fahrräder, Rollstühle. Und darüber, unter einem wolkigen, tiefhängenden Himmel, als einziges augenfälliges Zeichen von Veränderung die Flaggen mit der Blume Bauhinia zwischen den anderen mit den gelben Sternen. Und kein Union Jack mehr weit und breit. – So aufmerksam ich auch in die Gegend spähte, es zeigte sich niemand, der Interesse an mir bekundete. Narrte mich mein Instinkt?

Ich drückte auf den Anlasser, und als der Motor schön rund schnurrte, trotz der längst ausgedienten Zündkerzen, rollte ich südwärts.

Ich hätte nicht sagen können, ob ich, was meinen Auftrag anging, zuversichtlich oder entmutigt war, aber ich hatte das Gefühl, den Nerv der Leute, an die ich heran wollte, noch nicht voll getroffen zu haben. Vielleicht hatte ich ihn leise berührt, sozusagen im Darübertasten. Man würde sehen ...

Aus meinem – angesichts des Verkehrs nicht sehr konzentrierten – Nachdenken riß mich das Jaulen meines Handys. Ich war bereits in Sichtweite der großen Kreuzung an der Waterloo Road, von wo die Nathan Road schnurgerade südwärts verlief. Die Gegend war der Stolz Kowloons, weil es hier endlich genug Platz gab, wenigstens zu manchen Tageszeiten, und weil die Fassaden so weit weg standen, daß man nicht dauernd Angst hatte, buchstäblich erdrückt zu werden.

Der Teufel ritt mich, und ich meldete mich: »Hier ist der Gatte von Brenda Chao. Falls Sie im Auftrage meiner Frau anrufen, um mich nach Happy Valley zu bestellen und dort zu erschießen, muß ich Sie bitten, das zu vertagen. Ich möchte morgen noch einmal zur Börse. Es geht nur um dreihundert Millionen, aber ich möchte die geringfügige Summe trotzdem noch wahrnehmen, bevor ich ...«

Es war Bobby Hsiang. Er unterbrach mich auf gleicher Welle: »Ja, ja, und hier ist ein unehelicher Sohn von Mao Tse-tung! Ich möchte, daß Sie mir helfen, Alimente einzutreiben – bist du allein?«

»Im Auto.«

Er grunzte: »Hier ist ein Hinweis für dich. Wir haben das Quartier von Ba Kwon. Und weil die Polizei sich immer noch aus der Sache heraushält, gehst du hin.«

»Ich bin außer mir vor Freude!«

Ohne das zu kommentieren, diktierte er mir: »Kam Fong 23. Das ist an der Westseite. Dicht an der Ferry Road. Wo der alte Taifun-Schlupfwinkel von Yau Ma Tai liegt ...«

»Ich kenne Yau Ma Tai«, erinnerte ich ihn. »Hättest du zehn Minuten früher angerufen, wäre ich jetzt gleich hingefahren. Ich bin nämlich nicht weit davon entfernt. So aber werde ich es morgen abend angehen ...«

»Du bist in Yau Ma Tai?«

»Ich war in Mong Kok. Habe einen Herrn besucht, der Ba Kwon Gelegenheitsarbeiten vermittelt hat, wie er sagt ...«

»Interessant.«

»Ja. Er hat eine berauschende Schwägerin.«

»Du läßt wohl nichts aus, wie?«

Ich hatte mich entschlossen, ihm nicht nur diese Spur mitzuteilen, sondern vor allem, daß ich das Gefühl nicht los wurde, es sei jemand hinter mir her. Als er das hörte, wollte er genau wissen, wo ich war, und als ich ihm das schilderte, eröffnete er mir: »Du hast

Glück. Ich bin auch in genau dieser Gegend. Hatte in der Polizeistation in Mong Kok zu tun, oben, an der Ecke zur Prince Edward Road. Jetzt bin ich in der Station von Tsim Sha Tsui, am Kowloon Park ...«

Daran würde ich in einer Viertelstunde vorbeifahren, sagte ich ihm, vorausgesetzt die Staus hielten sich in Grenzen. Er schlug mir kurzerhand vor, daß er mich nach einer Methode, die wir früher zuweilen angewandt hatten, von meinem Schatten befreien werde, und zwar so, daß es wie ein Zufall aussah. Ich verkniff mir, zu sagen, daß ich auf diesen Spaß wirklich neugierig war. Zuletzt gab er mir noch den Tip: »Du biegst nach rechts in die Austin ab, oben am Kowloon Park. Fährst noch zweihundert Meter und hältst an. Den Rest organisiere ich. Den Jungens hier kann es nicht schaden, wenn sie wieder mal etwas Bewegung kriegen ... Bis gleich!«

Er inszenierte ein großartiges Spektakel.

Ich bog in die Austin Road ein und fuhr gerade noch an den zwei Betonlöwen am Eingang des Kowloon Parks vorbei, als sich hinter mir, aus der Ausfahrt der Polizeistation von Tsim Sha Tsui kommend, ein rückwärtsfahrender Versorgungslastwagen herausquälte, bis er quer auf der Straße stand und sie so sperrte.

Da versagte sein Motor, und der Fahrer schaltete die Notblinker ein. In just diesem Augenblick bog ein dunkler Ford von der alten, leistungsfähigen Serie, mit zwei Männern besetzt, von der Nathan Road kommend, in die Austin ein. Er mußte halten. Und als der Fahrer zu wenden versuchte, setzte sich, wie zufällig, ein Abschleppwagen der Polizei, ebenfalls von der Nathan Road kommend so ungeschickt quer vor die Polizeistation, daß sich der Ford buchstäblich von den zwei Riesen eingeklemmt sah.

Mein Handy jaulte. Bobby Hsiang sagte mir ins Ohr: »Der Laster ist reif zum Abschleppen. Und der

Fahrer des Abschleppwagens sprintet gerade in die Polizeistation, um originellerweise zu fragen, wen er abschleppen soll. Es wird etwa zwanzig Minuten dauern, bevor der Ford entweder nach vorn oder nach hinten weg kann. In der Zeit ermitteln wir den Eigentümer ...«

Dann folgte die Aufforderung an mich: »Hau ab! Nimm den Park Drive südwärts, wir treffen uns an der Fähre!«

Unten an der Fähre fuhr der alte Routinier den Renault, den er benutzte, und der schon so verbeult war, daß ich vermutete, er könnte als Schadwagen aus einem Unfall stammen, an den Straßenrand und winkte mir, vor ihm zu parken.

Ich öffnete die Tür an der Fahrerseite, und als ich nach der Wolke Bastos-Gestank, die mir entgegenschlug, wieder Luft bekam, bedankte ich mich für den gut eingefädelten Gag mit dem Abschlepper.

Er winkte ab: »Gelernt ist gelernt. Wir warten noch. Damit außer uns keiner mehr auf die Fähre kommt.«

Als die Klappe der Fähre eine halbe Minute später hinter uns hochging, hatten wir einen guten Vorsprung, denn ein etwaiger Verfolger mußte nun bis zum nächsten Boot warten.

Es war niemand mehr gekommen. Wir waren schon mitten auf dem Wasser zwischen Kowloon und der Insel, als Bobby, der neben mir an meinem Auto lehnte, den Mund aufbekam. Er wollte wissen: »Guckst du inzwischen einigermaßen durch?«

»Nein«, bekannte ich. »Nur daß der Wirt vom Suzie Wong den Killer gekannt hat. Er sagt weniger, als er weiß.«

»Du meinst einen gewissen Chao Yan?«

Es überraschte mich, daß er ihn kannte, und ich bestätigte ihm: »Eben. Der Gentleman von Mong Kok.«

Bobby stäubte mit einer ungewohnt eleganten Fingerbewegung die Asche von seiner Bastos und eröffnete mir: »Er ist aus Shantou. Kam vor vier Jahren hierher. Unsere Spezialisten haben ihn als Ratsmitglied des hiesigen Clans der Chiu Chao, wie die Teochiu in der Amtssprache heißen, ausgemacht.«

»Ist er der Clanchef?« fragte ich, obwohl ich fast sicher war, daß er es nicht sein würde, weil die Teochiu sich als Chefs stets unerhört reiche Leute wählen, und mit dem Suzie Wong allein war wohl so viel Moos nicht zu erwirtschaften.

Bobby klärte mich auf: »Der Chef ist eine Frau.«

»Was du nicht sagst!«

Er grinste. »Ist dir die Opal Galerie ein Begriff?«

»War nie dort. Sitzt in Sheung Wan, richtig?«

Er nickte. »Nicht weit vom Man Mo Tempel. Riesending. Internationale Sache. Die Leute haben schon seit den sechziger Jahren, als der helle Wahnsinn im Mutterland so langsam abflaute, Geschäfte angebahnt. Die brachten siebenstellige Summen ein. Stellen Kunst aus dem Mutterland aus und vermitteln Käufe. Auch alte Kunst ...«

»Habe ich nicht mal irgendwo gelesen, die Bude wird von einer Lady gemanagt?«

»Bude ist gut«, amüsierte er sich. »Es ist ein Bau mit eigener Tiefgarage. Achtzehn Stockwerke hoch. Aber du hast mit der Lady recht. Sie heißt Hsu Kwan. Witwe. Stammt aus einer Familie, die aus Shantou kam. Dreistelliges Millionenvermögen. Die könnte sich die *Pacific Voice* von ihrem Haushaltsgeld leisten.«

Als ich darüber nachdachte, fiel mir ein: »Aber – was sollte sie damit? Ich glaube nicht, daß so ein Blatt viel einbringt ...«

Bobby wiegte den Kopf. »Das ist relativ zu sehen, Toko. Manchem in der Kolonie würden die Einnahmen aus der *Pacific Voice* ein gemütliches Polster verschaffen. Hsu Kwan persönlich scheidet da wohl aus. Aber als Clanchefin der hiesigen Chiu Chao hat die Dame ja nicht nur eigene Interessen. Sie ist verpflichtet, Mitglieder zu werben, Harmonie unter ihnen zu wahren, Aktionen hat sie zu überwachen, finanzielle Transaktionen zu leiten. Das alles gehört zu ihrem Amt.«

Ich ließ mir das durch den Kopf gehen. Bobby hatte recht. Und mir fiel ein: »Habe ich dich recht verstanden, daß die Dame sehr gute Verbindungen ins Mutterland hat?«

»Du hattest schon immer eine schnelle Auffassungsgabe.«

Ich würde mir Hsu Kwan ansehen, bald, nahm ich mir vor. Bobby äußerte sich dazu nicht. Er bemerkte bloß nebenhin: »Sieh zu, daß dabei nicht gleich wieder ein Tresor aufgeschweißt wird!«

Wir tranken an der Anlegestelle noch ein Bier auf meine Kosten. Das war ich Bobby schuldig, nachdem er meinen Verfolger so elegant aufs Kreuz gelegt hatte. Auf seine Nachfrage in Kowloon erfuhr er endlich, daß der Ford aus den New Territories stammte. Er gehörte einem Mann, der seit einer Woche im Krankenhaus lag. Gestohlen. Das brachte uns vorerst nicht viel weiter. Aber Bobby vertröstete mich. Die beiden Insassen des Wagens seien unbemerkt fotografiert worden, bevor sie endlich weiterfahren konnten. Der Wagen würde, so rechnete Bobby, sehr bald irgendwo verlassen aufgefunden werden. Aber wenn der Polizeifotograf gut gearbeitet hatte, würde man wenigstens die beiden Verfolger kennen.

Auf dem Heimweg fuhr ich trotz der von Fahrzeugen wimmelnden Straßen doch noch nach Sheung Wan hinüber, um mir Hsu Kwans Residenz anzusehen.

Früher hatte es hier im Westdistrikt noch ein paar

Plätze gegeben, die für die Touristen Alt Hongkong darstellten. Aber wenn Sie nun denken, die Ladder-Street wäre heute noch das, was sie einmal war, dann irren Sie ebenso wie viele andere Besucher, die heute noch hier die Geheimnisse der glorreichen Vergangenheit entdecken wollen und dann meist ziemlich enttäuscht wieder abziehen.

Der Man Mo Tempel tröstet wenigstens ein bißchen, weil er wie ein Fels in der Brandung steht und man ihn nicht völlig zugebaut hat. Doch gar nicht so weit davon recken sich eben die steilen Fassaden der Wolkenkratzer in den Himmel. Man Mo ist einer von Hunderten Hongkonger Tempel, und trotzdem etwas Besonderes. Schon als ich noch zur Schule ging, hatte meine Mutter mich hierher geführt und mir erklärt, daß es die wohl älteste taoistische Kultstätte der Kolonie war. Das ist aber nicht die einzige Besonderheit. Mich verblüffte als Kind damals schon das seltsam vielsagend zusammengesetzte Quartett der Götter, die hier im Nebel von Räucherstäbchen, umstellt von den originellsten Liebesgaben, von der Rückenkratze bis zum Glas Sekt, zusammenhocken.

Man Mo, der den Namen liefert, ist der Gott des Krieges, des Schwertgeklirrs und des Pulverdampfes, den ja, glaubt man den Historikern, die Chinesen überhaupt als erste rochen. Man Cheong, dem militanten Herrn gegenüber, ist der Gott der Literatur und der anderen schönen Künste. Dann ist da noch Bao Gong, der Gott der Gerechtigkeit, eine echte Bereicherung der gewiß nicht ohne Ironie zusammengestellten Runde, die dann schließlich durch Shing Wong komplettiert wird, den Tempelheiligen Hongkongs.

Ob die Stifter andeuten wollten, ohne Kriegsgott gibt es weder Gerechtigkeit noch Künste in Hongkong? Oder: wer Gerechtigkeit und Künste ausüben will, muß vorher vom Kriegsgott begünstigt sein? Ich bin bis heute zu keinem Schluß gekommen. –

Das beeindruckende Gebäude, in dem Mrs. Hsu Kwan gemäß der Aufschrift auf einer riesigen bronzenen Tafel ihr Domizil hatte, die Galerie Opal, lag einige hundert Meter ostwärts des Tempels, auf der Hollywood Road, und wie ein Stück Hollywood sah es auch aus. Gleichsam die Taschenausgabe einer kalifornischen Bank, auf deren Dach sich in einem Film zwei Gangster mit drei Polizisten herumschießen.

Geschossen wurde allerdings nicht. Ein großes Transparent über dem Eingang verkündete, daß hier gegenwärtig Malereien einer kambodschanischen Künstlerin gezeigt würden, die auf wundersame Weise der Ausrottung durch Pol Pot entgangen war. Sie hatte versucht, die Geheimnisse Angkors mit dem Pinsel zu ergründen.

In einer Zeit, in der es schon genügte, ein verrostetes Fahrrad an die Wand zu nageln, und den Leuten zu empfehlen, sie sollten das gefälligst als große Kunst betrachten – gar nicht zu reden von den Gaunern, die öffentlich in eine Wanne pißten und das als hochkünstlerische Leistung für den Weltfrieden deklarierten – zweifellos eines der lobenswerteren Unternehmen.

Ich würde mir das Reich der Mrs. Hsu Kwan bei Tage näher ansehen, nahm ich mir vor.

In Aberdeen hielt ich mich nur kurz bei dem kleinen Bauchladengauner Lum auf, der trotz der späten Stunde von einem eben per Bus angekommenen Schwarm überseeischer Touristen umringt war, die ihm die letzten Unterhosen des ehemaligen Gouverneurs und die leicht angestaubten Taschentücher des Thronfolgers Charles (mit Monogramm!) abkauften, als wären es gewinngarantierte Lotterielose.

Pipi, die wieder mal frei hatte, empfing mich auf der Dschunke mit in der Mikrowelle aufgewärmten kantonesischen Frühlingsröllchen, geschnetzelter Schweineleber, Garnelenklößchen und Bohnenquark. Das alles hatte sie in einem neuen Menüladen gekauft, um mich zu überraschen, und wie alles was Geschäfte in den ersten Tagen ihrer Existenz anboten, war es außerordentlich gut.

Es wurde ein nahrhafter Spätabend. Nur erwies sich der Gedanke eines weisen Vorfahren aus der Zunft der chinesischen Philosphen wieder einmal als zutreffend. Er hatte seinen Zeitgenossen mitgeteilt, daß ein allzu wohlgefüllter Magen schlecht für die Liebe sei.

Für die Denkfähigkeit war er weniger schädlich, jedenfalls bei mir. Das stellte sich am Morgen heraus, als mir ganz plötzlich, nachdem Pipi in Richtung Kai abgedüst war, Louis Mountbatten Fung einfiel, mein alter Freund in der Redaktion des *Island Guardian*. Wir hatten uns schon so manches Mal Bälle zugespielt, und ich hielt es für möglich, daß er mich auch diesmal bei meinen Ermittlungen einen Schritt weiter bringen könnte.

Es hatte sich für mich bisher immer gelohnt, mit Fung zusammenzuarbeiten. Denn wenn der *Island Guardian* – genau wie die *Pacific Voice* auch – geradezu ein Meisterstück für jene Art von Garbanzo-Journalismus ist, der Hongkongs Boulevardblätter weltberühmt (zumindest in ganz Asien!) gemacht hat, so gab es doch immer wieder einmal Situationen, in denen er überraschend nützlich sein konnte.

»Mister Fung?« fragte die Telefonistin zurück, als hätte ich darum gebeten, mit der minderjährigen Tochter des Chefredakteurs verbunden zu werden. Ich buchstabierte ihr den Namen.

»Sie meinen Louis Mountbatten Fung?«

Als ich das etwas ungeduldig bejahte, klärte sie

mich im Tonfall der badenden Lady, die in einem Reklamestreifen die Qualität von Wu Tings Bubble Bath rühmt, auf: »Ich bin untröstlich, Ihren Wunsch nicht erfüllen zu können, Mister Fung ist ... eh, Verzeihung, sind Sie eine Amtsstelle?«

»Ich bin ein Mann, der nicht den ganzen Tag Zeit hat, darauf zu warten, daß Sie endlich das Gespräch zu ihm durchstellen!« Das klang nicht mehr freundlich, und das war beabsichtigt.

Ungerührt gab sie zurück: »Also keine Amtsstelle?«

»Ich bin ein Scharfrichter, und wenn Sie mir jetzt nicht Fung geben, komme ich bei Ihnen vorbei und erdrossle Sie mit meinem Bruchband!«

Sie machte: »Huh!« Dann knackte es in der Leitung, und die forsche Stimme eines Mannes wollte von mir wissen, was mein Problem sei.

Ich brachte es fertig, nochmals einigermaßen gesittet Louis Mountbatten Fung zu verlangen. Und endlich erfuhr ich: »Das tut mir leid. Mister Fung hat sich verändert ...«

»Hat er grüne Haare?«

Ein Lachen. Dann: »Ich liebe Spaßvögel, Mister! Nein, er lebt seit einigen Wochen nicht mehr in Hongkong, sondern in Vancouver.«

»Kanada?«

»Sie sagen es, Mister! Ausgewandert. Ich habe seinen Job hier übernommen. Darf ich erfahren, mit wem ich das Vergnügen habe? Ob ich Ihnen vielleicht helfen kann ...«

Als ich meinen Namen sagte, stieß er einen leisen Pfiff aus und verriet mir: »Sir, ich bin sehr erfreut! Mister Fung hat mir von Ihnen erzählt. Und er sagte, wenn Sie sich melden sollten, lohne es sich, hinzuhören. Darf ich hoffen ...«

»Sie haben Fungs Job?«

»Bingo, Sir.«

»Siren Sie mich nicht! Kennen Sie den April Moon?«

»Ich kenne sogar die Dame hinter dem Tresen. Sie hat einen allerliebsten Leberfleck direkt auf der linken ...«

»Okay«, unterbrach ich ihn, »das können Sie mir im April Moon erzählen. Ich werde in einer Stunde dort einen Tee trinken ...«

Der Bursche schien zu wissen, wo Flohpulver billig war, denn er sagte sofort zu.

Der April Moon lag nicht weit von der Redaktion des Blättchens. Eine winzige Spelunke, in der Tee das Getränk war, das am seltensten verlangt wurde, wie ich sehr gut wußte. Und die Dame hinter dem Tresen, die mich von verschiedenen Gelegenheiten her kannte, wenn ich hier mit Fung konferiert hatte, blinzelte zuerst mir zu, als ich eintrat, und dann einem jungen Mann, der an dem scheinbar vom *Island Guardian* gemieteten Ecktisch bei einem Bier saß.

»Star?« fragte ich die Leberfleck-Schönheit. Sie nickte und griff nach einem Glas.

»Ich habe vergessen, welche Backe das war, mit dem Fleck ...«, begrüßte ich den Burschen.

Er antwortete sachlich: »Links hinten, Mister Lim Tok. Übrigens, mein Name ist Jerome Blondel ...«

Er merkte, daß ich stutzte, erhob sich, hielt mir die Hand hin und bemerkte grinsend: »So ist das! Bei mir setzte sich damals der Vater durch, was den Namen betrifft. Ich bin sehr froh, daß ich Sie kennenlerne. Mein Vorgänger meinte, es wäre das beste, was mir passieren könnte ...«

Er machte einen ausgeschlafenen Eindruck. Streichholzlanges Haar, wache Augen, die Figur eines nicht sehr üppig essenden Collegestudenten. Als ich genauer hinsah, stellte ich fest, daß auf dem Bierfilz unter seinem Glas bereits drei Striche waren.

»Hat sich der gute Fung denn verfolgt gefühlt?« fragte ich, noch bevor Leberfleckchen mir das Bier brachte. Sie ließ sich Zeit an unserem Tisch, denn in der kleinen Kneipe war um diese Zeit nicht viel los. Mir wurde klar, daß die Dame den jungen Mann von der Radaugazette die pikante Besonderheit in ihrem Teint offenbar freiwillig hatte betrachten lassen. Aber ich hielt mich schließlich für einen Gentleman, und so kam ich nicht darauf zurück.

Als sie wieder hinter den Tresen geschlendert war, erzählte mir Blondel: »Keine Rede von verfolgt! Eine von den Jahrhundertchancen eben. Kennen Sie Vancouver?«

»Nie da gewesen.«

»Nun, da gibt es eine Menge Chinesen. Die sind nach und nach tatsächlich dorthin ausgewandert. Aus dem Mutterland. Aus Hongkong. Aber auch aus den Vereinigten Staaten sind welche hinzugekommen. In Kanada können Leute wie wir gut leben. Außerdem ist die Grenze zu den Vereinigten Staaten nahe – muß ich Ihnen die Vorteile erläutern?«

»Danke. Ist Fung Kaufmann geworden? Oder Schmuggler?«

Er grinste wieder. »Keines von beiden. Er begründet dort eine Kanada-Ausgabe des *Island Guardian*. Hat schon einige tausend Besteller inzwischen. Ich habe Ihnen seine jetzige Adresse aufgeschrieben. Auch das Telefon. Für den Fall ...«

Er schob mir den Zettel über den Tisch. Ich nahm erst einmal einen Schluck Bier zu mir, dann kam ich ohne weitere Umschweife zur Sache, weil ich den Eindruck hatte, mit diesem francophonen jungen Mann war ein Spiel zu machen. Also erkundigte ich mich zuerst, ob er schon einmal von der *Pacific Voice* gehört habe.

Ohne zu erröten, klärte er mich auf: »Mister Lim

Tok, ich habe bis vor einem Monat in diesem Blatt gearbeitet!«

Und als ich daraufhin leicht verdutzt war, setzte er wieder sein jungenhaftes Grinsen auf. Bis ich nachfragte, ob er eine Ahnung habe, wer Miß Alma Tsao sei. Da hörte er auf zu grinsen.

»Wollen Sie wissen, ob sie mit dem so tragisch zu Tode gekommenen Chef ein Verhältnis hatte?«

»Das weiß ich bereits.«

»Daß sie eine ungemein leistungsfähige Frau in unserer Branche ist, und daß die besten Beiträge meist von ihr kamen?«

»Das habe ich mir schon gedacht.«

»Daß ihre Familie aus Shantou hierher flüchtete, vor längerer Zeit, daß sie sehr ehrgeizig ist und man sie hinter ihrem Rücken die Kaiserin der *Pacific Voice* nennt?«

Als er ihre Herkunft erwähnte, verschluckte ich mich an meinem Bier. Ich ließ ihn ausreden, und dann vergewisserte ich mich: »Sagten Sie Shantou?«

»Swatou, wenn Sie mit dem älteren Namen mehr anfangen können.«

Ich holte tief Luft. »Lieber junger Freund, Sie können mir nicht rein zufällig sagen, ob bei Miß Tsao an der gleichen Stelle, wo bei der reizvollen Zapferin da hinter dem Tresen der Leberfleck sitzt, etwa die Tätowierung eines Fisches mit drei Punkten zu finden ist?«

Er gab sich Mühe, ernst zu bleiben, als er mich aufklärte: »Tut mir leid, Mister Lim Tok, aber die fragliche Körperstelle bei Miß Tsao kenne ich leider nicht. Sie bevorzugt ältere Herren. Allerdings – solch einen Fisch trägt man nicht auf dem Hintern, sondern auf dem Mittelfinger, und er ist das Zeichen ...«

Ich unterbrach ihn: »Was für ein Zeichen das ist, weiß ich. Sagen Sie mir bitte, würden Sie etwas tun, in der Art, wie es Fung öfters tat, wenn wir eine Sache vorwärts bringen wollten, die für ihn eine saftige Story abwarf, und für mich ...«

»Ich bin dabei!« erklärte er sich sofort bereit. »Von Monty weiß ich, daß da immer viel herauskam. Wie kann ich Ihnen helfen?«

Ich bestellte mir noch ein Bier, und dann informierte ich ihn – mit gewissen Einschränkungen über meine Absprache mit Bobby Hsiang – über das, was es zu dem Mord an seinem ehemaligen Chef und die von mir vermuteten Hintergründe zu sagen gab.

Er hörte zu, ohne den Blick von mir zu lassen. Machte sich keine Notizen. Auf meine Frage winkte er ab. Notizen würden manchmal von Unbefugten gelesen. Er habe einen funktionierenden Kopf.

Ein paar Stunden später, als ich auf dem Weg zu Dr. Bu Yon war, über den in der Morgenzeitung gestanden hatte, daß in sein Büro eingebrochen worden sei, jaulte mein Handy. Ich fuhr sicherheitshalber an den Straßenrand und hörte mir an, was mir Jerome Blondel durchsagte. Es war der Text des Aufmachers für die noch abends erscheinende Ausgabe des *Island Guardian*.

»Änderungen?«

Blondel hatte einen perfekten Angelhaken angefertigt. Als besonderen Gag machte er den Lesern weis, der *Island Guardian* habe herausgefunden, daß der Detektiv Lim Tok im Auftrage einer Dame arbeite, die einer nichtehelichen Beziehung des Mister Yueh Po-chai entstamme. Sie habe nun Anspruch auf das Erbe, nachdem der in einem ersten Testament bevorzugte Bruder des Ermordeten ebenfalls getötet worden sei. Überdies gäbe es ein an seinem letzten Lebenstag noch geschriebenes zweites Testament des Mister Yueh Po-chai, das ohnehin diese uneheliche Tochter begünstige, das sei aber gegenwärtig unauffindbar. Es bestehe der Verdacht, daß der Privatdetektiv den Verbleib kenne.

Der *Island Guardian* hatte in Jerome Blondel offenbar einen fähigen Nachfolger für Montgomery Fung gefunden, meinen alten Freund, der sich jetzt in Hongcouver herumschlug, wie man in Hongkong inzwischen Vancouver nannte, weil dort jeder dritte Einwohner bereits ein Chinese war ...

Dr. Bu Yon empfing mich mit besorgtem Gesicht. Keine Spur eines Lächelns.

Erst nachdem die Vorzimmerdame, die immer noch aussah wie eine Fußpflegerin, die an Migräne leidet, uns einen bemerkenswert guten Tee serviert hatte, kam ich zur Sache, denn bei dem, was ich vorhatte, brauchte ich Bu Yon als Verbündeten.

»Über meine diversen Beziehungen habe ich erfahren, daß der Aufmacher im *Island Guardian* von heute abend das Gerücht verbreiten wird, das Testament des Mister Yueh Po-chai, das bei Ihnen gestohlen wurde, sei wertlos. Er habe noch am Tage seines Todes eine Niederschrift ausgefertigt, die eine völlig neue Verfügung darstelle, sie begünstige nicht mehr den Bruder und nach ihm die Redaktion, sondern eine bisher verschwiegene Tochter aus einer nichtehelichen Beziehung des Ermordeten ...«

Der kleine Mann des Rechts wurde immer bleicher, während ich ihm nach und nach schilderte, was der *Island Guardian* so alles auf der ersten Seite bringen würde. Schließlich stotterte er fassungslos: »Aber ... das ist eine ... ich meine, das sind ... Lügen!«

Ich stimmte ihm zu, ohne ihm gegenüber auch nur anzudeuten, daß ich genau diese Story mit Jerome Blondel vereinbart hatte. Und dann gelang es mir, ihm klarzumachen, daß dieses Gerücht mit hoher Wahrscheinlichkeit dazu führen würde, daß sich die Leute, die hinter den Morden an den Brüdern Yueh steckten, auf mich konzentrierten, weil sie sich von mir Aufschluß über die mysteriöse Tochter erhofften.

Er knurrte noch einmal wütend etwas von Verleumdung und Klage dagegen, daß eine Zeitung sich Geschichten so einfach zurechtmachen konnte. Aber ich konnte ihn schließlich damit endgültig beruhigen, daß ich eingestand: »Diese Story kommt mir geradezu gelegen!«

Er sah ein, daß der Effekt des Gerüchtes im Grunde auch ihm nützlich sein könnte. Vorausgesetzt ich überlebte das gefährliche Experiment, so dramatisierte ich meinen Part dabei, wollte ich dafür sorgen, daß das Blatt zu gegebener Zeit eine der vorbildlichsten Entschuldigungen drucken würde, die es jemals auf der Titelseite einer Hongkonger Boulevardzeitung gegeben hatte. Er überlegte: »Die Leute, die wir nicht kennen, werden Jagd auf Sie machen ...«

Als ich ihm versicherte, ich würde schon dafür sorgen, daß mir kein Fehler unterlaufe, nickte er Zustimmung. Allerdings – sehr glücklich sah er dabei nicht aus. Und in Wirklichkeit war ja auch ich mir noch gar nicht so sicher, wie die Sache ausgehen würde. Ich hoffte nur, weder Dr. Bu Yon noch jemand anderes merkte das. –

Für Mrs. Hsu Kwan, die Galeristin in der Hollywood Road, hatte ich mir auch etwas ausgedacht, womit ich den Bodensatz des Tümpels, in dem sich die Fische versteckten, die nach dem Erbe Yueh Pochais schnappen wollten, weiter aufrühren wollte.

Der junge Mann, der sich in der an ein Hotelfoyer der moderneren Art erinnernden Halle vor mir verbeugte, machte trotz seiner aufgetragenen Höflichkeit den Eindruck, daß er einen Gegner mit ein bis zwei Schlägen töten könnte. Aber er gab sich Mühe, die Zähne auf eine Art zu fletschen, daß man das für ein gewinnendes Lächeln halten konnte.

»Fragen Sie mich nicht nach einem Termin, ich habe mich darauf verlassen, sie aus dem Flugzeug anzurufen, aber da haben sie mir mein Handy versiegelt – rufen Sie sie an, bitte! Mister Lim Tok ist da, Prokurist der Arte International, die ihre Präsentationen in ganz Europa macht, neuerdings auch in den ehemals nicht zugänglichen Staaten des Ostens, wo die Leute im wesentlichen Plakate aus den verschiedenen Revolutionen gezeigt bekamen, vielleicht ein Glas Wodka dazu ... Sie verstehen ...« So seifte ich den Lächler ein, und das tat ich in gestochenem Mandarin, ohne Punkt oder Komma. Es sollte wirken wie ein Maschinengewehr, und das tat es auch. Als ich endlich Luft holen mußte, entnahm ich aus seiner ebenfalls in Mandarin erfolgenden Erwiderung, daß er keinesfalls aus Hongkong oder aus Kanton stammte.

Er bat mich um etwas Geduld. Griff in die Tasche und sprach über sein Handy offenbar mit der Vorzimmerdame der Chefin, und die mußte aus Hongkong sein, denn er verständigte sich mit ihr ziemlich holprig auf Kantonesisch, er würde einen Herrn aus dem Mutterland heraufschicken, der sich leider nicht ...

»Danke, danke!« Er war noch nicht ganz durch mit seiner Mitteilung, da flitzte ich schon zum Paternoster, neben dem ich das Schild entdeckt hatte, auf dem stand, daß Mrs. Hsu Kwan in der siebzehnten Etage residierte, gleich unter dem Dachgarten.

Die Vorzimmerfee war kein Problem. Ich zischte wie ein Wirbelwind auf die Dame im Minirock zu und beglückwünschte sie zu dem einmaligen Erlebnis, mich höchstpersönlich kennenzulernen, ausnahmsweise würde ich ihr ein Autogramm geben, für den Fall, daß sie es nicht gerade auf Papier haben wollte, dann auch ...

Ich war gerade dabei, ihre Frage nach meinem

Termin bei ihrer Chefin mit dem Hinweis darauf zu ersticken, daß man Autogramme von so berühmten Persönlichkeiten wie ich eine war, jetzt nicht mehr so oft auf dem Knie, sondern mit Permanentstift geschrieben gleich unterhalb des Nabels zu tragen pflegt, und zwar so, daß der Ring, der denselben möglicherweise schmückt, sozusagen in seiner Wirkung durch die exklusive Unterschrift geradezu veredelt wird, woraus er auch immer besteht: »Wissen Sie, die Bräuche haben sich da sehr interessant gewandelt, beispielsweise der gute Jackson ...«

Da öffnete sich die gepolsterte Tür zum Chefzimmer, und eine distinguierte Lady sagte nach einem kurzen Blick auf mich: »Das genügt jetzt. Bitte ...!«

Dabei wies sie mit der Hand in ihr Zimmer.

Meine Belustigung, daß es mir mit einem der ältesten Standardtricks gelungen war, bis zum Ziel meines Besuchs vorzudringen, wich der Verblüffung, in die mich die Erscheinung von Mrs. Hsu Kwan versetzte.

Wenn Sie glauben, da stand eine dieser europäisch getönten Emanzen vor mir, irren Sie. Sie irren auch, wenn Sie vermuten, die Dame machte den Eindruck einer Gangsterbraut aus unserem Hongkonger Filmreservoir – nein, ich brauchte ein paar Sekunden, um zu registrieren, was ich da überfallen hatte.

Mrs. Hsu Kwan war nicht nur so schlank wie die klassischen chinesischen Schönheiten auf unseren alten Rollbildern. Sie trug ihr langes Haar ebenso zu einem züchtigen Knoten im Nacken geschlungen, wie man es auf den Abbildungen des Hofstaates der Ming-Kaiser in den Museen findet. Keine Schminke. Nicht einmal Lippenstift, konstatierte ich. Nicht die Spur eines Parfüms. Und der Cheongsam, der ihre Figur wie ein Futteral aus teurem, dunkelblauen Stoff umhüllte, hatte zwar den verführerischen Seitenschlitz bis über das Knie, aber dafür umschloß ein

Stehbündchen den Hals so züchtig, daß nur ein Windhund wie ich auf die Idee kommen konnte, ein tiefer Ausschnitt wäre in der Lage, einen tibetischen Bettelmönch zum Widerruf seines Gelübdes zu bringen.

»Lim Tok«, stellte ich mich vor. Ich war nicht ganz sicher, was jetzt geschehen würde, deshalb fügte ich vorsichtig an: »Ich bitte tausendmal um Verzeihung für meinen Überfall, aber ich bin Privatermittler, und die Sache, in der ich unterwegs bin, ist einerseits vertraulich zu behandeln, andrerseits ist sie so dringend, daß ich, um schneller ans Ziel zu kommen ...«

Sie machte eine ungeduldige Handbewegung und zog die Polstertür zu.

»Kommen Sie zur Sache, bitte!«

Gleichzeitig wies sie auf den Sessel vor ihrem Schreibtisch. »Ich werde die Art Ihres Eindringens nicht kommentieren. Was wünschen Sie?«

»Mrs. Hsu Kwan«, begann ich, immer bemüht, so naiv wie möglich zu erscheinen, »ich ermittle im privaten Auftrag in einem Mordfall, den die Polizei wohl nicht so recht ernst nimmt. Darf ich Ihnen kurz die Sachlage schildern, damit Sie wissen, worum es überhaupt geht ...?«

»Ich bitte darum.« Es klang wie das Kommando eines Sergeanten.

»Ein reicher Mann, der Chef einer Zeitung, wurde ermordet. Der Erbe, sein Bruder auch. Aber dieser Bruder logierte im Hotel, und der vermutliche Mörder erkundigte sich am Empfang nach der Zimmernummer. Dabei fiel dem dort beschäftigten Angestellten auf, daß er am Finger der rechten Hand eine seltsame Tätowierung trug. Man könnte ihn vielleicht dadurch identifizieren, und ...«

»Was habe ich damit zu tun?«

Sie hatte sich in dem Sessel hinter ihrem Schreibtisch niedergelassen und blickte mich mit einem Gesichtsausdruck an, wie ihn Leute im Zoo haben, wenn sie eines der im Aussterben begriffenen Tiere betrachten.

Ich setzte ein verlegenes Lächeln auf, in der Hoffnung, daß sie mir die Rolle des naiven, etwas unsicheren Nachfragers abnahm. »Nun, ich bin nicht sicher, ob ich Ihnen da nicht zu nahe trete, Mrs. Hsu Kwan, aber lassen Sie es mich so sagen – ich wurde aufmerksam gemacht, daß Sie lobenswerterweise gute Kontakte zu Landsleuten haben, die aus dem Mutterland nach Hongkong kamen. Aus der Gegend um Shantou, um es genauer zu benennen. Das ist der Grund, weshalb ich Sie aufsuche ...«

Sie wich geschickt aus: »Haben Sie denn Beziehungen zu Shantou?«

»Nein«, gab ich zurück. »Aber der Mann, der in dem Hotel den Erben des Zeitungsverlegers Yueh Po-chai tötete, hatte sie.«

»Sagte er das?«

Ich grinste sie vergnügt an. »Sein Finger sagte es. Der auftätowierte Fisch mit den drei Punkten.«

Dazu äußerte sie sie sich gar nicht. Sie war schon ein zähes Stück von der selbstbewußten Art. Sah so unauffällig auf ihre Uhr, daß ich es gar nicht übersehen konnte.

»Fisch mit Punkten. Gut. Und was könnte ich Ihnen in dieser Sache für Fragen beantworten, Mister Lim ...?«

»Tok. Ich halte es für möglich, daß Sie mir etwas über den Mann sagen könnten, der Mister Yueh Pochais Bruder tötete.«

»Dazu müßte ich ihn kennen.«

»Er hieß Ba Kwon.«

»Ich heiße Hsu Kwan.« Sie ließ sich alle Schlupflöcher offen. Dementierte nicht, ihn zu kennen, operierte mit einer Namensähnlichkeit, um die es gar nicht ging.

»Oh«, machte ich, »es lag mir fern, aus der Ähnlichkeit der Namen Schlüsse zu ziehen. Ich hatte lediglich damit gerechnet, daß Ihnen vielleicht auch die sonderbare Tätowierung an seinem Mittelfinger aufgefallen sein könnte, da Sie doch öfters mit Landsleuten aus dieser Gegend in Kontakt kommen ...«

Sie blickte wieder auf ihre Uhr. Diesmal etwas weniger unauffällig. Und sie sagte gelassen: »Es tut mir leid. Ich kenne keinen Mann dieses Namens. Was die Tätowierung betrifft, so kann ich Ihnen einen Hinweis geben, wie man sie vielleicht deuten kann. Sie finden Tätowierungen aller Art in einem sehr interessanten Büchlein von Professor Wu Chan-to, der sich an der hiesigen Universität mit dem Phänomen beschäftigt. Ich empfehle Ihnen die Buchhandlung an der Ecke zur Aberdeen Street, nicht weit von hier. Kann ich sonst noch etwas für Sie tun?«

Ich hatte den Eindruck, daß ich genügend Argwohn bei ihr geweckt hatte, und das allein war ja mein Ziel gewesen. Also sprang ich aus dem Sessel auf und verbeugte mich artig.

»Ich danke Ihnen so sehr, Mrs. Hsu Kwan! Sie haben mir allein schon dadurch geholfen, daß Sie mich nach meinem unangemeldeten Eindringen nicht einfach hinauswerfen ließen! Ich bin Ihnen sehr verbunden!«

Sie machte keine Anstalten, mir etwa die Hand zu geben. Ich ging, mich abermals verbeugend, zur Tür und verließ den Raum.

Die Sekretärin saß kniefrei vor dem Computer. Auch vor ihr verbeugte ich mich wie zum Dank mehrmals, wobei ich still für mich bis zehn zählte. Dann griff ich mir an den Kopf, murmelte etwas, das mir just in dieser Sekunde einzufallen schien und riß die Polstertür zu Mrs. Hsu Kwans Zimmer noch einmal auf.

»Ich vergaß völlig, Ihnen zu sagen, wie verdienstvoll ich es finde, daß Sie eine Ausstellung mit den Werken einer Khmer-Künstlerin veranstalten ... ich mußte Ihnen das unbedingt noch sagen: meine höchste Anerkennung dafür!«

Sie saß da, mit dem Telefonhörer am Ohr, und sah genau so aus wie jemand, der in der nächsten Sekunde einen Mord begehen wird.

Ich ließ es nicht darauf ankommen, und ich verschwand mit der Gewißheit, daß man versuchen würde, mir die Neugier auszutreiben, mit der ich hinter der San-Tien-Hui-Gang her schnüffelte. Aber um genau das zu erreichen, hatte ich ja Mrs. Hsu Kwan aufgesucht: einen Gegner, der sich erfolgreich unsichtbar macht, kann man erst erkennen und bekämpfen, nachdem er sich aus der Dunkelheit ins Licht bewegt hat. Möglichst wütend, das erleichtert die Sache. –

In der Kam Fong 23, hatte Bobby Hsiang mir gesagt, läge die Behausung des toten Killers Ba Kwon, den wir zu einem Verschwundenen gemacht hatten, damit seine Auftraggeber etwas zum Rätseln hatten.

Ich wählte die Abendstunden für meinen Besuch. Erfahrungsgemäß gab es um diese Zeit in einer solchen Wohngegend wie der nahe der Westküste, an der Ferrry Road, weniger aufmerksame Augen als sonst. Wer ein Zuhause hatte, hielt sich darin auf. Wer gerade von der Arbeit kam, gab sich nicht lange mit der Umgebung ab. Die Penner, und auch die stillen Beobachter, die jemand postiert haben konnte, pflegten in der Zeit – jedenfalls kannte ich das von der Polizei noch – ein paar Dim Sum essen zu gehen, eine billige Fischmahlzeit, oder einen Hamburger.

Yau Ma Tai, an der Westkante Kowloons, war die Gegend, die sich in den letzten Jahren vielleicht am meisten verändert hatte. Ich erinnere mich noch an meine Kindheit, da hatte es hier im Taifunschutzhafen unzählige Hausboote gegeben, auf ihnen ein Treiben, wie es die Hollywoodfilmer immer wieder über die ganze Welt als Alt-China verbreiteten.

Tankas nannte man die Leute, die ihr Leben auf dem Wasser verbrachten und meist von dem lebten, was das Meer ihnen an Fischen und Krabben bescherte. Hier war bei mir schon damals die Idee entstanden, einmal auch so zu leben. Wenngleich die Geschichte für mich etwas anders verlaufen war. Aber immerhin lebte ich ja heute auch auf dem Wasser, allerdings auf einer vergleichsweise komfortablen Dschunke in Aberdeen, und ich versorgte meinen Kühlschrank nicht so sehr mit geangelten Fischen, eher mit Steaks, die ich an Land kaufte. Oder die Pipi mitbrachte.

Tankas gab es heute kaum noch, jedenfalls hier. Diese ältesten Bewohner der Landseite waren in alle Winde zerstreut. Glück hatte man, wenn man einen oder den anderen von ihnen noch weiter westlich, in Sha Tin wiederfand, wo die Stadtchefs versucht hatten, die an die Freiheit der See gewöhnten Leute in Neubauten anzusiedeln. Ein Projekt, das eine tragische Ähnlichkeit mit der Schaffung der Indianerreservate in den Vereinigten Staaten hatte.

In der Hauptsache lagen alle diese Veränderungen daran, daß der Plan gereift war, Hongkong einen neuen, leistungsfähigeren und besser anzufliegenden Airport zu geben – Chek Lap Kok, nordöstlich der Insel Lantau, wo Boden in unvorstellbarer Menge aufgeschüttet wurde. Durch den Westen von Yau Ma Tai zog sich seither die mehr oder weniger fertige breite Trasse, die der Zufahrt zu diesem neuen Flughafen dienen sollte.

Ganze Regionen des Strandes waren neu aufgeschüttet worden. Riesenschrapper hatten wahrhafte

Berge von Sand und Erde dorthin bewegt, wo einst die Tankaboote gelegen hatten, diese Massen waren dann flachgestampft, betoniert, mit neuem Oberflächenzierat versehen worden, der die alte Natur vergessen ließ: Schnellstraßen, Leitplanken, Ampeln, Lichtmasten, Leitungen ... und neue Häuser hatte man gebaut, auf dem neuen Land, das man dem Meer gestohlen hatte.

Jetzt führte die Trasse, auf der ich rollte, schon von Tsim Sha Tsui, unten an der Südspitze Kowloons bis hinauf nach Tsuen Wan, von wo sie westwärts über den Rambler Kanal auf die kleine Insel Tsing Yi und von da nach Lantau führte. Führen sollte eigentlich, denn die Riesenbrücke war noch nicht ganz fertig ...

Ich bog von der Ferry Street ostwärts ab und kam bald in eine ruhigere Gegend. Die Kam Fong war eigentlich ein einziger riesiger Hinterhof. Allerdings ein gepflegt aussehender. Denn hier hatten offenbar Architekten gearbeitet, die vom üblichen Flair der Mietskasernen nichts mehr wissen wollten. Es war zu bezweifeln, daß sie alle Ratschläge des zuständigen Feng-Shui-Mannes befolgt hatten, der darauf zu achten hat, daß beispielsweise der Tür gegenüber, oder auch dem Fenster, keine Zimmerwand steht, die dem Wind- und Wassergeist den Durchgang behindert – hier lagen Fenster, Türen und Erker so bunt durcheinander, daß es die reine Freude war, so etwas zu sehen, nachdem man an den vorschriftsmäßigen und gleichzeitig den Geistern genehmen Bauten die Lust verloren hatte.

Es gab ordentlich geputzte Fassaden mit viel Leichtmetall, Balkons ohne trocknende Wäsche, was auf Trockenmaschinen im Kellergeschoß schließen ließ, es gab Grün, das von den Bewohnern offenbar sogar gepflegt wurde. Die Wohnungen schienen eher klein zu sein als übergroß. Eine nicht geringe Anzahl waren sogenannte Single-Apartments, in denen es auf engstem Raum immerhin ein Wohnzimmer, eine Kochnische und eine Duschkabine gab.

Alles das stellte ich fest, nachdem ich in der Nummer 23 auf dem riesigen Schild mit den Namen unter den Klingelknöpfen entdeckt hatte, daß ein Mister Ba Kwon in der dritten Etage logierte.

Ich hatte meinen gesetzeswidrigen Türöffner eingesteckt, ein Werkzeug aus der Fertigung eines Hongkonger Kleingauners, der zu meinen weniger moralisch geprägten Bekannten gehörte. Ein Blick auf die Türschlösser sagte mir, daß seine Erfindung hier problemlos den Zutritt eröffnen würde.

Das Gebäude machte einen überraschend stillen Eindruck. Nur kleine Wohnkabinette, deren Eigentümer ihrem Job nachgingen, und offenbar nur wenig Kinder. Im dritten Stockwerk öffnete ich mühelos die Tür zur Wohnung des toten Killers. Was ich in dem genormt wirkenden Wohnraum erblickte, zeugte von erstaunlichem Ordnungssinn. Keine herumliegende Unterwäsche, keine zerknautschten Kissen, die Aschenbecher leer, sogar die Luft war frisch, wie man das in diesen Betonburgen eigentlich selten hat, trotz teurer Klimaanlagen. In der Kochnische keine Töpfe mit verkrusteten Resten von Wochen alten Mahlzeiten, keine bekleckerten Schalen, nicht einmal eine angebrochene Milchtüte – der winzige Kühlschrank enthielt ein paar Büchsen, Ölflasche, Chilisoße und zwei noch verschweißte Plastepackungen mit Fertiggerichten. Das alles machte den Eindruck, als habe es eine ordentliche Hausfrau vor dem Verlassen der Wohnung säuberlich aufgereiht.

Es fand sich in keiner Schublade auch nur ein Blatt Papier, weder beschrieben noch unbeschrieben, keine Zeitung war da, kein persönliches Dokument, auch kein Brief. Man konnte den Eindruck gewinnen, es handle sich um eine zur neuen Vermietung bereitstehende Wohnung.

Als ich den Vorhang der Duschkabine zurückzog, erwartete ich, wenigstens hier Seifenreste zu finden, eine Pfütze vielleicht auf dem Boden, aber auch diesmal gab es absolut keinen Hinweis, daß ein menschliches Wesen sich überhaupt hier aufgehalten hatte. Nicht einmal der Brausekopf tropfte.

Ich überlegte. Dabei zog ich den Plastevorhang langsam wieder zu. Wenn man hier auch nur ein vages Anzeichen für den Aufenthalt des nun toten Mannes finden wollte, vielleicht ein Haar, eine Faser seiner Kleidung, einen Fingerabdruck – man müßte eine Horde Kriminaltechniker anfordern, die jeden Winkel untersuchten, und das mit Lupe oder Mikroskop.

Über Gedanken dieser Art hatte ich leichtsinnigerweise vergessen, daß ich mich unbefugt in einer fremden Behausung aufhielt, und deshalb kam der Schlag, den ich auf den Hinterkopf bekam, völlig unerwartet, als ich gerade begann, mich für die Kochnische zu interessieren.

Jemand drosch mir einen sicher nicht für das Austeilen von Zärtlichkeiten gedachten Gegenstand auf die Frisur, und ich kam nicht einmal mehr dazu, das mit einem Fluch zu quittieren, weil das Licht ausging.

Einfach so. Licht weg, Tiefschlaf, nichts sehen, nichts hören, nichts sagen – wie die drei weisen Affen. Bloß daß die es im Gegensatz zu mir freiwillig taten. Was man jedenfalls allgemein annahm. –

Aufwachen wäre zuviel gesagt für das, was mir nach einer unbestimmbaren Zeit passierte. Ein Zwerg mit einem Hämmerchen wollte sich offenbar aus meinem Kopf herausarbeiten, und ein anderer Zwerg mußte alle Feuchtigkeit im Umkreis von Meilen konsumiert haben, denn ich hatte das, was man nur per heftigster Untertreibung Durst nennen konnte – meine Zunge schien aus Filz zu bestehen, wie ihn heimische Schuhmacher als Zwischensohle für die beliebten Stoffschuhe verwenden, die wir tragen, wenn uns keiner zusieht.

Nach einer Weile roch ich, daß die Luft nicht mehr so gut war wie in dem Apartment, an das ich mich erinnerte. Auch das, worauf ich lag, schien nicht die Couch zu sein, die ich dort gesehen hatte. Meine Hände, die vermittels einer dieser modernen Plasteschlingen auf den Rücken gefesselt waren, ertasteten Stein, der kalt war. Auch ein bißchen feucht. Keller?

Die Augen schienen zu funktionieren. Aber sie waren so gut wie nutzlos, denn es herrschte die Sorte Finsternis, die kleine Mädchen dazu bringt, sich an ihre Mütter zu schmiegen. Größere manchmal auch, wenngleich es da nicht unbedingt Mütter sein mußten.

Es dauerte ungefähr so lange, wie ein Karatefilm im Fernsehen läuft, einschließlich Reklame, bis plötzlich ein Schlüssel irgendwo in einem Schloß gedreht wurde, das noch aus der Zeit vor der Erfindung des Schmierfetts stammen mußte. Und dann traf mich die Helligkeit einer Atomexplosion, so daß ich meine Augen unwillkürlich wieder schloß. Bis mir jemand einen Fußtritt in die Seite verpaßte und eine Männerstimme mich auf Kantonesisch anbrüllte, ich solle gefälligst nicht den Bewußtlosen spielen, sonst würde man mir meine beiden Familienjuwelen zu essen geben, und zwar in Sojasoße.

Als ich etwas krächzend herausbrachte, mir wäre ein Schuß Chili dazu recht, bekam ich prompt den nächsten Tritt.

Der Vertreter des Begrüßungskomitees war ein Kerl, der ungefähr so aussah wie der Bösewicht vom

Dienst in den ersten James-Bond-Filmen. Ich hatte mir manchmal so einen Streifen angesehen, um mich so recht grün und blau zu lachen.

Die Sache, in der ich gegenwärtig steckte, war nicht mehr zum Lachen – sie war todernst. Das begriff ich, sobald mein Kopf wieder voll arbeitete. Ich lag in einem Kellergelaß mit massiver Tür. Kein Fenster. An der Decke eine grelle Lampe. Bewegen konnte ich mich nicht, denn auch meine Beine waren an den Fußgelenken mit einer dieser Plasteschlingen gefesselt. Außer einem Eimer, der in einer Ecke stand, war der Raum leer.

Der Kerl, der gekommen war, um zu sehen, ob ich schon ansprechbar war, schien aus Hongkong zu stammen, wenn man nach seiner Sprechweise urteilte. Ich hatte ihn nie gesehen. Sonderlich feinfühlend war er nicht, denn als er mich jetzt wieder ansprach, schickte er einen weiteren Tritt voraus. Langsam begann ich mir Sorgen um meine Rippen zu machen. Und ich verfluchte mich heimlich, weil ich es unterlassen hatte, Bobby Hsiang wenigstens aufmerksam zu machen, daß ich mir die Wohnung des toten Killers ansehen wollte.

Zu spät. Mein Handy, das spürte ich, war, abgesehen davon, daß ich es jetzt auch gar nicht hätte benutzen können, überhaupt nicht mehr in meiner Tasche.

»Du bist der Detektiv?«

»Ja«, krächzte ich. Es hörte sich an, als würde jemand Sperrholz sägten.

Der Typ überlegte eine Weile. Als ich schon den nächsten Tritt erwartete, drehte er sich um und verließ den Raum. Es dauerte einige Minuten, dann war er mit einer Flasche Wasser zurück. Er tippte mit der Schuhspitze auf meinen Mund, daß ich fürchtete, meine Plomben könnten sich lockern.

»Aufmachen!«

Als ich es tat, goß er mir die Hälfte des Inhalts der Flasche in den Rachen.

»Schlucken!«

Ich versuchte das, ohne dabei zu ersticken. Es gelang mir sogar. Der Typ war zufrieden. Goß mir den Rest des Flascheninhalts über den Kopf. Grinste dabei. Hörte dann auf zu grinsen und fragte abermals: »Detektiv? Lim Tok?«

»Das bin ich.« Diesmal klang es besser.

Er machte eine bedeutungsvolle Pause. Zeigte mir seine Hände. Ich war beeindruckt. Überlegte verzweifelt, wie ich wohl hier herauskommen könnte. Ungefesselt hätten mir die Hände des Typs nicht so viel Angst gemacht. Ich war zwar nie ein Schläger gewesen. Hatte allerdings schon in der Polizeizeit meine Ausbildung in Selbstverteidigung absolviert, war aber nur selten gezwungen gewesen, das Gelernte anzuwenden. Im Laufe der Zeit hatte ich mir ein Prinzip zu eigen gemacht, das durchaus nicht jeder guthieß, mit dem ich es aber geschafft hatte, bisher zu überleben: Wenn du gezwungen bist, dich um dein Leben zu schlagen, dann führe schon den ersten Hieb so, daß der Gegner für immer liegenbleibt.

Nun, wie die Dinge hier lagen, hatte ich gar keine Chance, mich zu verteidigen, egal auf welche Art.

»Ich habe drei Fragen an dich«, sagte der Typ. Dann hielt er mir seine linke Hand so hin, daß ich den Mittelfinger genau sehen konnte. Und die Tätowierung. Der Fisch mit den drei Punkten.

»Damit du weißt, was dich erwartet«, sagte der Typ. »Leute, die uns zu nahe treten, pflegen wir auszulöschen. Langsam. Verstanden?«

Ein Tritt folgte.

»Ja«, quetschte ich heraus. Diesmal war die rechte Niere der Empfänger gewesen.

»Also«, er machte eine Pause. Dann: »Wo ist diese

uneheliche Tochter, von der der *Island Guardian* schreibt? Und wie heißt sie?«

Ich hatte erwartet, daß er das fragen würde. Und so versuchte ich, ihn hinzuhalten: »Sie müssen mir glauben, ich weiß nicht, ob es sie überhaupt gibt. Sie ist vielleicht eine Erfindung der Zeitung ...«

Zuerst kam der Tritt. Dann, geknurrt: »Quatsch keine Opern. Wir haben den Rechtsanwalt in die Mache genommen. Er hat bestätigt, daß es sie gibt, und daß der Vater ihr persönlich das letzte Testament gegeben hat, nicht ihm. Sie hat dich beauftragt, für sie zu arbeiten. Leider hatte der kleine Glatzkopf einen Herzinfarkt vor Angst, bevor er uns ihre Adresse geben konnte. Also – rede!«

Ich gab mir viel Mühe, ehrlich zu klingen, als ich ihm erklärte, daß eine Dame mich in ein Teehaus bestellt hatte, wo ich einen Blick auf das Testament werfen durfte, und daß sie mich dann engagierte, aber ohne sich zu legitimieren.

»Sie würde mich anrufen, sagte sie. Das war alles. Sie behauptete, die Tochter des Zeitungsmannes zu sein, aber ob sie das wirklich war, weiß ich nicht!«

Er dachte darüber nach. Dann, unvermittelt, schoß er die nächste Frage ab: »Wer hat Ba Kwon getötet?«

»Keine Ahnung«, sagte ich. Es brachte mir den üblichen Tritt ein. »Wenn Sie den Mann meinen, der den Bruder des Zeitungsbosses getötet hat, dann kann ich nur wiederholen, was die Polizei bekanntgab, nämlich daß er geflüchtet ist. Unerkannt.«

»Und den Bruder des Zeitungsbosses haben sie begraben lassen?«

»So hörte ich es.«

Diesmal ließ er einen Tritt aus. »Was würdest du sagen, wenn du von mir erfährst, in dem Grab, in dem der Bruder des Zeitungsbosses liegen soll, liegt in Wirklichkeit Ba Kwon?«

»Der Zeitungsboß ... ich meine, sein Bruder, der hieß Yueh Lo-tsin ...«, begann ich. Mein Stottern war echt. Wenn sie das Grab geöffnet hatten, dann wußten sie natürlich Bescheid. Das konnte meinen Plan völlig zunichte machen.

»Weißt du, was unser Chef angeordnet hat?«

Ich versuchte, den Kopf zu schütteln, mit dem Ergebnis, daß der Zwerg darin wieder anfing, mit dem Hämmerchen zu arbeiten.

»Wenn du es warst, der Ba Kwon erledigt hat, machen wir mit dir die tausend Schnitte. Bekannt?«

Die Methode, jemanden auf diese Art langsam zu töten, gehörte zum Standardrepertoire verschiedener chinesischer Gangs. Sie bestand darin, daß man einem Gefesselten mit einer sehr feinen, haarscharfen Klinge einen kleinen Schnitt nach dem anderen in die Haut ritzte, bis der ganze Körper voller solcher Schnitte war. Der so Behandelte lebte noch Stunden unter Qualen, bis er endgültig ausgeblutet starb.

»Bekannt«, sagte ich. »Aber ich habe den Mann nie gesehen. Auch den Bruder von dem Zeitungsboß nicht!« Ich hoffte, es klang wenigstens einigermaßen glaubhaft.

Der Typ fuhr mich ungerührt nach einem weiteren Fußtritt an: »Dritte Frage. Wo ist der Bruder? Ich meine den, der in England lebt. Wo ist sein Versteck?«

»Er hat sich versteckt? Ich denke, er ist tot!«

Wahrscheinlich durchschaute er meine Taktik, die Sache in die Länge zu ziehen, bis es mir gelang, sie zu zerreden. Er brüllte nämlich: »Es hat einen Toten gegeben, ja! Im Hotel weiß man das. Einen! Das war Ba Kwon. Ihn haben wir gefunden. Fehlt der Mann, den er erledigen sollte. Den möchte man uns gern als tot verkaufen. Wo ist er?«

Ich versuchte es auf eine andere Art: »Vielleicht sollte ich wirklich einmal mit der Polizei darüber sprechen. Schließlich müßten die ja wissen, was da eigentlich los ist!«

»Du wirst mit gar niemandem mehr reden, außer mit mir!«

Er sah auf eine nicht grade kleine Uhr an seinem Handgelenk. Eines dieser Prunkstücke, mit denen jeder Protz für eine Menge Geld versucht, sein Image aufzubessern. Mann von Welt und so ähnlich.

Nachdem er mir noch einen weiteren Tritt in die Seite verpaßt hatte, gewissermaßen zur Erinnerung, wer hier der Boß war, versprach er mir ohne nennenswerte Gemütsbewegung: »In genau sechs Stunden von jetzt an bin ich wieder hier. Dann will ich Antworten auf meine Fragen. Wenn nicht, werden sie dich morgen früh irgendwo westlich von Kowloon im Meer finden. Es sei denn, ein Hai war früher da.«

Er war schon an der Tür, als er sich besann und noch einmal zurückkam.

Mit einem Springmesser schnitt er die Plastikfessel durch, die meine Füße unbeweglich gemacht hatte. Eine Sekunde dachte ich an einen Tritt, der ihn kampfunfähig machen könnte. Aber dann siegte die Vernunft: die Beinmuskeln waren von der Fesselung so lahm, daß ich bestenfalls einen blauen Fleck an seinem Kinn erzeugen würde. Vorausgesetzt ich traf es überhaupt.

Der Typ deutete auf den Eimer, der in der Ecke stand: »Ich habe was gegen die Beförderung von Leichen, die auch noch vollgeschissene Hosen haben! Das Licht bleibt an!«

Die aus dicken Bohlen gezimmerte Tür knallte hinter ihm ins Schloß. Es gab wieder das Geräusch des Schlüssels. Dann war es still. Eine Weile brauchte ich, um mir darüber klar zu werden, daß es Dr. Bu Yon nicht mehr gab, wenn der Typ vorhin die Wahrheit gesagt hatte. War das meine Schuld? Schließlich hatte ich zusammen mit Jerome Blondel die Ente im *Island Guardian* ausgeheckt. Herzinfarkt hatte der Typ gesagt. Stimmen mußte das auch nicht. Ich würde daran noch eine Weile zu knabbern haben. Aber – ich würde mir das Gesicht dieses Typs, der offenbar an der Befragung Bu Yons beteiligt gewesen war, gut merken. Rache war eigentlich nie mein Geschäft gewesen. Aber dafür, daß Bu Yon gestorben war, würde er eines Tages seine Quittung bekommen.

Ich stellte mich auf die Füße. Machte einen vorsichtigen Schritt und noch einen. Nach einer Reihe solcher Schritte gelang mir die erste Kniebeuge, obwohl mir alle Rippen dabei wehtaten. Wenn der Typ das nächste Mal kam, würde er eine Überraschung erleben. Falls ich genug Zeit behielt, um mich auf ihn vorzubereiten.

Es mochten zwei Stunden vergangen sein, in einer Stille, die nur gelegentlich von ganz fern das Geräusch eines Automotors heranbrachte, so leise, daß es gerade noch wahrzunehmen war. Ich war immer noch mit Kniebeugen beschäftigt. Eine Zeitlang hatte ich versucht, irgendwo in den Mauern eine scharfe Kante zu finden, an der ich die Handfessel hätte durchschleifen können – nichts. Auch der Eimer bot keine Chance, sein Rand war glatt. So blieb nur die Hoffnung, den Typ zu überraschen, wenn er dachte, ich hätte schon mit dem Leben abgeschlossen und wäre zu keiner Gegenwehr mehr fähig. Daß er sein Springmesser in die rechte Hosentasche gleiten ließ, hatte ich sehr wohl registriert.

Und da war plötzlich, kaum noch vernehmbar, die flüchtige Spur von Musik in der Stille – war das eine Sinnestäuschung? Oder hatte jemand in einem an meine Zelle grenzenden Raum ein Radio laufen?

Es war kein Radio! Zuerst registrierte ich nur den

hetzenden Takt der Baßgitarre, dann, nach und nach erkannte ich die Melodie, die wie durch tausend dämpfende Schleier bis in dieses Kellergelaß drang. Keine Stimme. Die kam nicht bis hierher. Aber es war *die traurig gewordene Gitarre* der Marietta Moreano. Kein Zweifel. Und als ich nach der Pause sicher war, die ebenso hauchdünne Melodie des Songs vom Jefe Pancho Villa zu erkennen, war mir klar, daß ich in Mong Kok war, Shanghai Street. In der Nähe des Suzie Wong, oder im Keller unter der Edeltanzbude des Herrn Chao Yan.

Während ich meine Ohren anstrengte, überlegte ich, was mir die Erkenntnis für Nutzen bringen konnte. Die Sache war durchaus erklärbar: ich war der hiesigen Bruderschaft der San Tien Hui, dem Bund der drei Punkte zu dicht auf die Haut gerückt. Hatte durch den Artikel im *Island Guardian* veranlaßt, daß diese Kerle ihre Interessen um so mehr gefährdet sahen, je näher ich mich an die Hintergründe der Affäre um die *Pacific Voice* heranarbeitete. Dazu noch der Schreck darüber, daß angeblich eine uneheliche Tochter als Alleinerbin ins Spiel kam. Und der Fund in dem Grab, in dem doch angeblich der Erbe des Chefs der *Pacific Voice* liegen sollte ...

Herauskommen aus diesem Keller konnte ich nur, wenn es mir gelang, den Typ zu überwältigen, der so freigiebig mit seinen Fußtritten verfahren war. Vorausgesetzt, er kam allein. Schaffte ich das nicht, würde er mich – im Auftrag seines Chefs, der vermutlich Chao Yan hieß – egal, ob ich alles sagte, was ich wußte, oder gar nichts, gefesselt ins Meer werfen. Die unaufwendigste Art, mich aus der Welt zu schaffen, und damit die Gefahr der Aufdeckung einer Geschichte, auf die die Polizei noch nicht gestoßen war, und wohl auch nicht so leicht stoßen würde, wie die Kerle annahmen, zu bannen. Das war nicht gerade dumm gedacht, denn jeder wußte, daß die Polizei – im Gegensatz zu einem gegen Bezahlung arbeitenden Privatermittler – Sachen, hinter die sie trotz einigem Suchens nicht kam, stillschweigend nach einer Anstandsfrist zu den Akten legte. Notfalls war da auch schon mal mit einem Bündel Geldscheinen nachzuhelfen, wenn es darum ging, die Frist abzukürzen. Das war in aller Welt so. Vermutlich würde es jetzt sogar leichter sein, nachdem es keine britischen Oberaufseher mehr gab.

Mein Zeitgefühl sagte mir, daß es auf Mitternacht zuging. Ich verwendete nochmals Zeit darauf, meine Beinmuskeln zu trainieren. Wenn der Typ die Tür öffnete, würde ich ihn so anspringen, daß ich ihn mit beiden Füßen auf der Brust erwischte. Das würde ihm den Atem nehmen und ihn erst einmal umwerfen. Auf den Rücken. Entweder er brach sich dabei das Genick, oder ich mußte nachhelfen, um an sein Messer zu kommen. Was danach kam, davon hatte ich noch keine genaue Vorstellung. Nur daß es dabei um mein Leben ging. Und in solchen Situationen war mir bisher noch immer das eingefallen, was mir half, davonzukommen. Wenn auch manchmal erst im letzten Augenblick.

Plötzlich ging alles sehr schnell. Eben noch hatte ich festgestellt, daß die Musik ausgesetzt hatte. Pause. Vermutlich traten da oben jetzt wieder Schiwa und Parwati auf. Gut eingeölt. Und möglicherweise trank Marietta Moreano gerade mit jemandem Sekt.

Doch dann waren da Geräusche vor der Tür meines Gefängnisses. Schritte. Ich stellte mich genau dort auf, von wo ich den Typ selbst bei nicht ganz geöffneter Tür würde anspringen können. Und dann wartete ich, jeder Muskel gespannt.

Es geschah weiter nichts, als daß der Schlüssel mit dem mir schon bekannten kratzenden Geräusch im

Schloß gedreht wurde. Obwohl – ich hatte den Eindruck, er wurde danach wieder abgezogen. Aber da war ich mir nicht so sicher.

Wieder das Geräusch, von dem ich annahm, daß es Schritte waren. Dann Stille. Kein Laut. Weder wurde die Tür geöffnet, noch gab es irgendein Anzeichen dafür, daß sich da draußen überhaupt jemand aufhielt. Eine Stille, die Gefahr zu verheißen schien. Ich wartete. Lauerte auf meine Chance. Als die Minuten vergingen, ohne daß etwas geschah, entschloß ich mich, nicht länger zu zögern. Mit einem Milligramm Glück mußte es mir gelingen, den Fußtrittexperten zu überrumpeln, allein mit meinen Füßen, selbst wenn ich bei der Aktion vor eigenem Schmerz in meiner Rippengegend und in den Hüften laut schreien würde.

Ich riß an der Tür. Sie war offen. Also ließ ich sie weit aufschwingen und setzte, noch bevor sie an der Wand anschlug, zum Sprung an.

Doch da war kein Gegner! Was bedeutete das? Ich verlor keine Zeit mit langen Überlegungen. Draußen verlief ein schwach beleuchteter Kellergang, der an der einen Seite zu einer Holztreppe führte, an der anderen zu einem an Dreck erblindeten Fenster. Kein Mensch zu sehen. Nichts. Doch dann blinkte auf dem Steinboden neben der Tür etwas. Ich bückte mich und entdeckte eines jener stabilen kleinen Hackebeilchen, die man in jeder chinesischen Küche findet. Die Köche zerkleinern damit Rüben und Kohl, ja selbst für Fleisch nehmen sie nicht etwa ein Messer – nein, das Beilchen ist ihr Liebling.

Es dauerte ein paar Minuten, dann hatte ich das Ding mit meinen auf dem Rücken gefesselten Händen gepackt und manipulierte die Schneide an die Plastikfessel. Es ging nicht ohne eine geringfügige Schnittwunde am linken Handgelenk ab, doch die

Schärfe der Stahlschneide hatte das Plastik sehr schnell bezwungen.

Mit dem Hackmesser als Waffe in der Hand schlich ich auf das verdreckte Fenster zu. Es führte auf eine Gasse. Da gab es auch eine Laterne, und in ihrem Schein erkannte ich trotz des Drecks auf der Scheibe, daß die Öffnung nicht vergittert war. Das Fenster hatte sogar einen Drehverschluß, der sich bewegen ließ.

In dem Augenblick, in dem ich ihn öffnete, wurde mir bewußt, daß es schon die ganze Zeit, in der ich auf dem Gang war, in der modderigen Kellerluft die unverwechselbare Spur eines Duftes gab, der nicht hierher gehörte, den ich aber kannte.

Nach draußen lauschend, blieb ich vor dem geöffneten Fenster stehen. Auf der Gasse zeigte sich niemand. Ein paar Räder waren abgestellt. Für Autos war sie zu schmal. Wie ich die Gegend in Erinnerung hatte, stand ich im Keller an der Rückfront des Suzie Wong, und das erwies sich als richtig, denn in diesem Augenblick setzte in dem Gebäude, das ich gerade durch das Kellerfenster kriechend verließ, wieder Musik ein. Jetzt war sie besser zu hören. Ein Saxophonist schmetterte Tuxedo Junction. Ich trabte los.

Aus der Gasse heraus, stand ich auf der noch schwach belebten Soy Street. Ich schien ungefährdet zu sein, als ich mich umblickte, entdeckte ich in der Gasse keinen Verfolger. Warum nur hatte der Typ die Tür aufgeschlossen und war dann gegangen?

Später, als ich ruhiger nachdenken konnte, fiel mir plötzlich ein, daß der feine Geruch, den ich auf dem Kellergang in der Nase gehabt hatte, Obsession gewesen war. Und jetzt erinnerte ich mich auch, daß ich das Parfüm zuletzt im Suzie Wong gerochen hatte, als Madame Moreano mir die Ehre erwies, ein

Glas Sekt mit mir zu trinken. Genauer gesagt mehrere Gläser. –

Da, wo die Soy Street in die Nathan Road mündete, gab es auf der einen Straßenseite ein Kino, das gerade eine Legion Leute ausspie. Gegenüber eine Post. Die war zwar geschlossen, aber hier standen einige Taxis.

Ich verhandelte mit dem ersten besten Fahrer: »Hören Sie, man hat mich ausgeraubt, ich habe weder Ausweis noch Geld. Ich wohne auf einer Dschunke in Aberdeen. Wenn Sie mir bis dahin vertrauen, bekommen Sie den doppelten Preis. Ich kann es als Spesen abrechnen ...«

Er äußerte sich nicht gleich. Deutete auf das Hackmesser, das ich immer noch in der Hand hielt, ohne es gemerkt zu haben: »Hat wohl nichts genutzt, wie?«

Ich gab ihm das Ding. Er steckte es in die Türtasche an seiner Seite.

»Aberdeen?«

Ich sah mich um. Aber da war immer noch kein Verfolger zu sehen.

»Tun Sie mir den Gefallen und fahren Sie ab!« drängte ich trotzdem. Er setzte wieder sein Grinsen auf, drückte aber den Starter und bog in den Verkehr südwärts ein.

»Wie lebt es sich auf einer Dschunke?« wollte er an der nächsten roten Ampel wissen.

Ich erwiderte: »Besser als in jedem Luxushotel!«

Darauf sagte er lange nichts. Erst beim nächsten Stau warf er mir einen mitfühlenden Blick zu und äußerte die Vermutung: »Auf den Kopf haben Sie bei dem Überfall auch was abgekriegt, wie?«

In einem solchen Falle nickt man am besten. Das tat ich auch, aber ich sagte vorsichtshalber noch: »Das mit der Dschunke stimmt wirklich. Alles eine Frage der Gewöhnung. Und das Hackmesserchen hat mir vielleicht das Leben gerettet, ohne daß ich damit jemanden verletzen mußte ...« Worauf er mir einen kurzen Blick zuwarf. Von der Art, in der man jemanden anguckt, von dem man eben gemerkt hat, daß er bei der Verteilung von Kopfinhalt etwas wenig abbekommen hat.

Lum war da, als wir nach einer unendlich scheinenden Fahrt in Aberdeen ankamen. Und Lum winkte mir aufgeregt, als ich aus dem Taxi kletterte und gerade nach einem Wasserflitzer Ausschau hielt, der mich – und meinetwegen auch den Taxifahrer, falls er mißtrauisch war – zu meiner Dschunke bringen könnte.

Der kleine Alleskönner und Allesverkäufer hatte seinen Klapptisch noch aufgebaut, weil um diese Zeit die Gäste von den Musikdampfern heimwärts aufbrachen und an ihm vorbeizogen. Gelegentlich war da noch ein Geschäft zu machen. Heute bot der clevere Lausejunge alte chinesische Pornografie an. Nicht echt, natürlich, aber sehr talentiert nachgemacht, auf handgeschöpftem, künstlich gealtertem Papier, so daß zumindest jeder ausländische Narr überzeugt war, die Chinesen hätten alles das was es da so zu sehen gab, schon tausend Jahre früher praktiziert als die beiden Übeltäter aus der christlichen Legende, die wegen artverwandter Ungehörigkeiten aus dem Reservat vertrieben worden waren, das die einen fortan den Garten Eden nannten, und die anderen das Paradies. (Womit sie übrigens nicht etwa die Kneipe in Wanchai meinten, die ein unternehmungslustiger Engländer so getauft hatte, weil seine Bühnenshow die Künstler im Urzustand zeigte, sozusagen Menschen vor der Erfindung der Textilien.)

»Was gibts?« erkundigte ich mich. Der Taxifahrer saß unweit des Standes in seinem Gefährt und beobachtete mich, wie mir schien, argwöhnisch.

»Gehen Sie nicht auf Ihre Dschunke!« riet mir Lum. »Oder haben Sie dort Besuch erwartet?«

»Besuch auf meiner Dschunke? Nein!«

»Es war ein Motorboot. Tuckerte bis an den Steg. Drei Mann. Erkundigten sich beim Eier-Ma, welches Ihre Dschunke sei. Der zeigte sie ihnen. Bevor er seinen Stand zumachte, sagte er mir Bescheid. Ich solle Sie informieren. Zwei von den drei Männern müssen auf Ihrer Dschunke sein. Der dritte verschwand mit dem Motorboot hinter die Musikdampfer ...«

Da hatte ich etwas zu überlegen. »Kannst du mir Geld pumpen?« ging ich Lum an. Der grinste. Zog ein Bündel Scheine aus der Hosentasche und hielt es mir hin.

Ich verständigte mich mit dem Taxifahrer über den Preis, steckte ein paar Scheine ein und versprach Lum, er würde in meinen Memoiren rühmend erwähnt werden, abgesehen von prompter Rückzahlung, sobald ich mein Eigentum zurück hatte. Dann ließ ich mich zu meinem Büro in der nicht weit entfernten Cameron Street fahren, entließ den Taxifahrer, nachdem ich ihn bezahlt und mein Hackebeilchen zurückbekommen hatte. Und fand in unserem gemeinsam gemieteten Raum den guten Wu, der sich als Bewährungshelfer durchschlug, auf der Couch schlafend vor.

Er richtete sich schlaftrunken auf und bestaunte mich, weil er nicht gewohnt war, daß ich so heruntergekommen aussah. Aber als ich gleich zum Telefon griff, dachte er, daß ich sowieso keine Zeit für Erklärungen hätte, und schlief prompt wieder ein.

»Wenn du um diese Zeit anrufst, steht dir das Wasser am Kinn«, vermutete Bobby Hsiang. »Was ist es diesmal?«

Nachdem er gehört hatte, was mir widerfahren war, verlangte er: »Du bleibst, wo du bist. Wir sehen uns auf deiner Dschunke um. Anschließend komme ich zu dir ...«

Was blieb mir übrig, als mich in einen der nicht sehr bequemen Sessel zu pflanzen und dem Schnarchen von Bewährungshelfer Wu zu lauschen?

Ich mußte allerdings dabei auch langsam ins Reich der konfusen Träume abgerutscht sein, denn als mich Bobby Hsiang weckte, war ich gerade dabei gewesen, mit Marietta Moreano anzustoßen, auf ein neues Lied, das sie – mit einem Hackmesser in der Hand – nur für mich gesungen hatte.

Deshalb wohl sagte ich auch, als Bobby mich endlich unter den Wachen hatte, noch etwas abwesend: »Das Hackebeilchen ist besser als der Song ...«

Das Instrument lag auf dem Schreibtisch, und Bobby betrachtete es nachdenklich, nahm es dann auf, untersuchte es auf Blutspuren, bis ich ihm meine Geschichte zu erzählen begann, bei der er mehrmals die Augen verdrehte.

Als Wu auf der Couch sein Schnarchen unterbrach und sich verwirrt erkundigte, ob er vielleicht gebraucht werde, schlug ich ihm vor: »Du kannst mich bei der mexikanischen Sängerin vertreten, die ich gerade angemacht hatte. Sieh zu, ob du sie rumkriegst ...«

Er drehte sich beleidigt auf die andere Seite.

Bobby hielt mir zwei Polaroidfotos hin. Auf jedem war der Kopf eines Mannes abgebildet.

»Kennst du die?«

»Nie gesehen«, sagte ich wahrheitsgemäß.

»Wir haben ihnen eingeredet, wir suchen den Besitzer der Dschunke, einen gewissen Lim Tok. Und weil sie keine Ausweise bei sich hatten, aber jeder eine sechsschüssige Python in der Tasche, haben wir behauptet, einer von ihnen müßte besagter Lim Tok sein, und sie zur Klärung beide mitgenommen. Selbst wenn sie beweisen, wer sie wirklich sind – das gibt schon zwei Tage Luft für Dich. Hast Glück gehabt, wie es aussieht ...«

Er nahm noch einmal das Hackebeilchen auf. »Hätte dir gegen die beiden Kerle nicht viel genützt. Sie sehen nicht so aus, als ob sie Angst vor Küchengeräten haben. Wo hast du überhaupt deinen Chiefs Special?«

Er grinste unverschämt, als ich ihm gestand: »In meinem Toyota.«

»Und der steht in der Kam Fong. Vor der Nummer 23, wie?«

»So ist es. Wenn sie ihn nicht geklaut haben.«

Das Grinsen blieb. »Sie haben ihn offenbar übersehen. Wenn du die Freundlichkeit hast, aus dem Fenster zu gucken, wirst du ihn unten stehen sehen. Wir haben uns gestattet, ihn auf Überraschungen zu durchsuchen und dann sichergestellt.«

Dabei legte er meinen Revolver auf den Schreibtisch. Neben das Hackebeilchen. Ich sagte matt: »Danke!«

Er grinste nicht mehr, als er mich aufmerksam machte: »Ich überlege noch, ob ich dir wegen fahrlässigen Umgangs mit einer Waffe ein Ding an den Hinterkopf verpassen lasse ...«

»Mein Hinterkopf ist noch hinreichend lädiert. Aber ich überlege meinerseits, ob ich diesen Auftrag nicht besser an dich zurückgebe!«

Eigentlich hätte er erschrecken sollen, mir zureden, daß ich weitermachen müßte. Er tat das nicht. Sagte lediglich, das würde er sogar verstehen. Ich solle es aber gefälligst beim Überlegen bleiben lassen und mich nicht vor der neuen Obrigkeit lächerlich machen, indem ich aufgab. Nur weil da ein paar Ganoven bösartig reagierten.

Ich erwiderte: »Bösartig nennst du das? Sie haben den einen Bruder ermordet, den zweiten wollten sie ebenfalls aus dem Weg räumen. Und inzwischen haben sie einen dritten Mann getötet. Einen völlig unbeteiligten. Bu Yon, den Anwalt. Er hat mir vertraut, und dafür haben sie ihn beim Ausquetschen sterben lassen. Mir scheint, da ist eine so heiße Clique am Werk, daß man die Arbeit doch besser von der Polizei machen läßt, anstatt sich als Privatermittler daran zu verschleißen!«

Er blieb ruhig. Aber er nickte bedächtig. Ich fand ihn überhaupt ziemlich nachdenklich, als er sagte: »Mit der heißen Clique hast du recht. Aber mit dem Anwalt nicht. Er lebt.«

»Wie das? In diesem Keller da, hat mir der Kerl mit den Klosettdeckelhänden erklärt ...«

»Ja, ja. Sie dachten, er ist hinüber. Aber er hat nur einen Schock gehabt. Hatte sowieso Herzprobleme. Und seine Sekretärin konnte uns rechtzeitig rufen ...«

»Bu Yon lebt wirklich?« Ich konnte es noch nicht so recht glauben.

»Ich habe schon mit ihm gesprochen. Er hat mir brillante Beschreibungen der zwei Leute geliefert, die ihn überfallen haben ...« Er hielt eines der Polaroidfotos hoch und sagte, das könnte der eine gewesen sein, er werde sofort ins Krankenhaus fahren und Bu Yon die Aufnahme zeigen.

»Ich werde ihm einen Genesungswunsch von dir ausrichten. Übrigens – der zweite Mann ist nach deiner Beschreibung der Kerl mit den flächendeckenden Pfoten gewesen. Bu Yon drückte es etwas vornehmer aus als du. Er sagte, sie glichen denen eines Gorillas im Zoo.«

Ich überlegte. Die ganze Sache wurde mir zunehmend unangenehmer. Aber andrerseits stachelte sie meinen Ehrgeiz an. Ich fühlte bei Bobby Hsiang vor: »Heißt das jetzt, daß die Polizei den Fall übernimmt? Daß ich raus bin?«

Bei einer Bastos, deren ätzenden Qualm mein

schnarchender Mitmieter eigenartigerweise ertrug, ohne zu husten, erklärte er mir: »Nix da. Du bist weiter im Auftrag von Mister Yueh Lo-tsin tätig. Wir bleiben im Hintergrund. Haben die Anweisung, demonstrativ Routinearbeit vorzuführen.«

Ich überraschte ihn mit der Neuigkeit: »Unsere Gegenspieler wissen aber, daß in dem Grab, in dem Mr. Yueh Lo-tsin liegen soll, in Wirklichkeit der Killer Ba Kwon liegt. Gelegen hat, jedenfalls. Ich weiß nicht, ob sie ihn vielleicht geklaut haben.«

Das veranlaßte ihn zu einigen hastigen Zügen an der Bastos, ehe er fragte: »Sie haben da gegraben?«

»Haben sie. Wissen Bescheid. Ich arbeite also im Auftrag eines Herrn, den die Polizei amtlich für tot erklärt hat, der aber nicht in dem Grab liegt, in das er gehört. Du mußt zugeben, das ist nicht so leicht jemandem zu erklären. Oder?«

»Hm«, machte er. Es klang nicht sehr selbstbewußt.

»Und wie komme ich da raus? Wenn ich mir vorstelle, daß Pipi hätte auf der Dschunke sein können, wenn sie nicht im *Excelsior* zufällig schon seit dem Heim-ins-Mutterland-Taifun als Nachtdienstaushilfe versklavt würde ...«

Eine Weile berieten wir. Bobby hatte Ideen, ich hatte auch welche. Und uns beiden war klar, daß es höchste Zeit wurde, aggressiver vorzugehen, als wir das bisher getan hatten. Die Fronten waren einigermaßen klar, und da brauchten wir uns keine Zurückhaltung mehr aufzuerlegen. Meine Rolle als Köder für die Leute, die an die *Pacific Voice* heran wollten, würde eine leichte Veränderung erfahren. Aber eine entscheidende. Auf Verwirrung angelegte.

Und – ab sofort würde ich meinen Chiefs Special nicht mehr im Auto aufbewahren. Er steckte im Gürtel ...

»Warum?« fragte ich.

Wir saßen wieder an dem Tisch, an dem wir bei unserem ersten Treffen gesessen hatten. Im Suzie Wong. Ich legte das Hackebeilchen auf den Tisch vor Mrs. Moreano hin und wartete auf ihre Antwort.

Sie hatte ihre Pause. Noch war der große Saal nicht ganz gefüllt. Hello Dolly hatte sie gesungen und die Geschichte von der Nachtigall, die in Berkeley Square trällert. Für *die traurige Gitarre* war es noch zu früh.

Anstatt auf meine Frage zu antworten, riet Mrs. Moreano mir: »Sie sollten verschwinden.«

»Meinen Sie, der Besuch könnte wieder im Keller enden?«

Sie sah mich eine ganze Weile schweigend an. Dann, als sie gerade den Mund öffnete, um etwas zu sagen, stand plötzlich der Kellner mit dem Sekt am Tisch und goß ein. Als er die Flasche in den mit Eis gefüllten Kühler gestellt hatte, griff Marietta Moreano nach dem Hackebeilchen, drückte es ihm in die Hand und bat ihn beiläufig: »Geben Sie es dem Koch. Ich hatte es mir unlängst bei ihm ausgeborgt.«

Erst als der Mann mit dem Beilchen abgezogen war, nachdem er uns noch artig gewünscht hatte, der Sekt möge uns munden, wandte sich Mrs. Moreano wieder an mich: »Warum verschwinden Sie nicht, bevor die Polizei Sie kriegt?«

Es gab also schon erste Wirkungen! Ich wußte genau, was Bobby Hsiang am Nachmittag hier angestellt hatte, aber es gelang mir, den Verständnislosen zu spielen: »Wieso sollte ich vor der Polizei Angst haben? Ich wollte eigentlich nur Ihnen für das Hackmesserchen danken und für das, was da noch dranhing. Und – dann wollte ich noch einmal zuhören, wie Sie von der traurigen Gitarre singen ...«

Ich prostete ihr zu. Sie hob ihr Glas, trank und sagte dann: »Sie scheinen ein Vollidiot zu sein.«

»Weil es mich zu dem Ort zieht, an dem mich eine gute Seele aus einem wenig angenehmen Keller befreit hat?«

Sie schüttelte bekümmert den Kopf. »Gleich wird irgendein Polizeispitzel die Meute benachrichtigen, die Sie hier gesucht hat. Nachmittag. Sie haben den ganzen Keller mit der Lupe abgelaust.«

»Wie mühsam!« machte ich mich lustig. Ganz der mutige Mann, der der Polizei das Schnippchen des Jahres schlägt. »Haben sie Fingerabdrücke gefunden?«

»Weiß ich nicht. Aber sie haben Po Yi mitgenommen.«

»Ist das der Gentleman mit den feinfühligen Händen?«

Sie nickte. »Werfen ihm vor, er habe Ihnen geholfen, zu verschwinden. Während die Polizei verzweifelt nach Ihnen sucht. Sie sollen der Mörder eines Zeitungsmannes sein. Stimmt das?«

Bobby Hsiang hatte es offenbar hervorragend fertiggebracht, die Fronten in der Sache so zu verwirren, daß nun keiner mehr wußte, wer denn eigentlich auf welcher Seite stand. Außer mir. Ich hatte Spaß an dieser eigenartigen Unterhaltung. Dabei sah ich aus den Augenwinkeln, wie auf der Bühne ein Mädchen das aufführte, was im Programm wahrscheinlich als Schönheitstanz bezeichnet wurde. Ihr Gesicht zeigte sie dabei kaum. Aber sie verstand es blendend, immer wieder ihren zugegeben abendfüllenden Hintern dem Publikum optisch eindrucksvoll entgegenzurecken.

»Es ist faszinierend«, bekannte ich.

»Der Hintern von dem Girl?«

»Ich meine, wie sich die verschiedenen Körperteile ablösen, in der Aufgabe, das Interesse des Publikums zu erregen. Vom Gesicht zum Busen, von den Beinen zum Bauch, und nun mehr zu der Kehrseite ...«

»Chao Yan haben sie auch mitgenommen.«

»Die Polizei?«

»Ja.«

»Ist das nicht der Wirt?«

»Mein Schwager, ja.«

Ich schüttelte betroffen den Kopf. In Betroffenheit war ich schon immer gut gewesen. Bei der Polizei, wenn es darum ging, jemandem die traurige Nachricht vom Tode eines Angehörigen zu überbringen, hatte selbst Bobby damals schon gefunden, gäbe es keinen besseren Betroffenheitsmimiker als mich.

»Verdächtigen sie ihn auch, daß er mich versteckt hält?«

Sie sah mich an, als wolle sie mir sagen: Halt mich nicht für völlig beschränkt. Aber sie sagte nicht das, sondern: »Ich gäbe viel darum, wenn mir einer erklären würde, was hier eigentlich vorgeht!«

Dann leerte sie ihr Glas, und ich beeilte mich, es neu zu füllen.

»Keine Ahnung, was der Fisch mit den drei Punkten bedeutet?«

Darauf sagte sie gar nichts. Wir tranken schweigend.

Das Mädchen mit dem anatomisch korrekten Hintern trat ab. An einem dieser elektronischen Orchestervortäuscher begann ein knallbunt aufgedonnerter Stenz, der vermutlich Liberace nachahmen wollte, mich aber eher an einen schwulen Frisör in Wanchai erinnerte, den wir als Halbwüchsige schon nach Kräften veralbert hatten, Sleepy Time Down South zu intonieren.

Eine Weile beobachtete ich, wie er immer wieder mit einer ruckartigen Kopfbewegung eine störende Haarsträhne aus der Stirn schnippte. Die Stimmung im Saal stieg. Irgendeiner von den Gästen mußte den Spieler kennen, er rief ihm zu: »Nimm Brillo, Bruder, das hilft!«

Ein anderer fügte an: »Aber die parfümierte Sorte, bitte, huch!«

In das Gejohle, das sich in das nicht einmal untalentiert gespielte Lied mischte, sagte Mrs. Moreano: »Ich weiß nicht, weshalb sie Chao Yan festgenommen haben. Wissen Sie es?«

Ich versuchte einen Scherz: »Vielleicht, weil sie im Keller eine Leiche gefunden haben ...«

Sie blieb ernst. »Das hätte sehr leicht geschehen können.« Dabei sah sie mich an. Sie war in einer nicht sehr erfreulichen Lage. Der Bruder ihres verstorbenen Mannes hatte sie hier aufgenommen und half ihr über eine gewiß nicht gerade einfache Zeit hinweg. Aber sie konnte nicht übersehen, daß eben dieser Schwager in einer Geschichte steckte, die sich nicht so leicht als nebensächlich beiseite schieben ließ. Da hatte sie, aus einem Impuls heraus, mir zur Flucht aus Chao Yans Keller verholfen, nachdem sie wohl durch einen Zufall erfahren hatte, daß ich da eingesperrt war. Als ich sie nun drängte, mir zu sagen, warum sie das getan hatte, gab sie eher widerwillig zurück: »Es war eben eine dieser Entscheidungen ... ich hörte ein Gespräch der Männer, in dem Ihr Name fiel und die Rede davon war, daß Sie da unten brummen sollten, bis ... nun ja, ich weiß nicht wie lange. Da griff ich mir in einem günstigen Augenblick den Schlüssel ...«

»Und das Küchenbeil!«

»Warum eigentlich das alles?« Ihre großen dunklen Augen, mit denen sie mich anblickte, unterstrichen die Frage. Und sie bestätigten auch meine Vermutung, daß Mrs. Moreano mit der Sache nichts zu tun hatte.

Ich erzählte ihr, was geschehen war. Sie nahm es

schweigend zur Kenntnis, nippte ab und zu von dem Sekt, und dann, schließlich, wollte sie wissen: »Weshalb kommen Sie hierher zurück?«

Ich überhörte die Frage und erkundigte mich höflich: »Würden Sie mir einen Gefallen tun? Einen zweiten gewissermaßen?«

»Sie vermissen Ihre Papiere und Ihr sonstiges Eigentum, das Ihnen abgenommen wurde, wie? Ich kann es Ihnen zurückgeben, es liegt in einer unverschlossenen Lade ...«

In dem Büro, in das sie mich führte, hing noch kalter Tabakrauch. Die Polizei hatte es wohl nur oberflächlich durchsucht, denn meine Papiere, auch mein Handy waren nicht mitgenommen worden. Angeblich war die Tür versiegelt gewesen, aber irgend jemand hatte das Siegel inzwischen abgerissen.

Ich gestand der Sängerin: »Eigentlich wollte ich Sie um etwas anderes bitten. Es könnte helfen, Licht in die Sache zu bringen, um deretwegen ich auch in den Keller da unten geriet ...«

Sie blickte auf ihre Uhr. »In genau zwölf Minuten muß ich wieder auf die Bühne.« Wir schafften es knapp. Ich erklärte ihr, worum es mir bei dem Gefallen, den ich mir von ihr erbeten hatte, ging. Dann wählte ich auf meinem Handy die Nummer von Miß Hsu Kwan, der Galeristin in der Hollywood Road, und drückte der Sängerin das Gerät in die Hand.

Ich hatte richtig getippt, der Anrufbeantworter ließ uns wissen, daß Miß Hsu Kwan leider ... und nach dem Pfeifton, bitte ...

Die Sängerin stellte sich sehr geschickt an. Es gelang ihr, in fehlerfreiem Englisch mit einer Prise Eindringlichkeit genau das zu sagen, was ich ihr eingeschärft hatte.

»Hören Sie mir bitte genau zu, ich habe nicht viel Zeit! Man hat Chao Yan verhaftet. Für diesen Fall trug er mir auf, bei Ihnen anzurufen und Ihnen mitzuteilen, daß die ominöse nichteheliche Tochter von Yueh Po-chai, von der im *Island Guardian* die Rede war, im Zusammenhang mit einem geänderten Testament, in der Zeitung Yueh Po-chais selbst arbeiten soll. Sie soll dort eine respektable Position bekleiden. Ihre Identität war bisher nicht festzustellen. Da Chao Yan die Dauer seiner Inhaftierung nicht abschätzen kann, bittet er Sie die für solche Fälle vorgesehenen Maßnahmen zu treffen ...«

Der Piepston, der sie unterbrach, kam gerade zur rechten Zeit. Ich lobte Mrs. Moreano für die Glaubwürdigkeit, mit der sie gesprochen hatte. Aber ihre Freude hielt sich in Grenzen. Was hatte ich erwartet? Daß es ihr Vergnügen bereiten würde, dem Bruder ihres Mannes zu schaden?

»Ich werde wohl bald nach Mexiko zurückgehen«, überlegte sie. Wir standen am Eingang des Etablissements und waren dabei, uns zu verabschieden, weil der Zeitpunkt ihres Bühnenauftritts herankam.

»Ich habe hier viele Verbindungen«, machte ich sie aufmerksam, »und ich kann Sie in einigen Häusern unterbringen, die für Ihre Darbietungen keinesfalls schlechter bezahlen als das Suzie Wong.«

Sie sah plötzlich müde aus, als sie sich für mein Angebot bedankte. Und als ich ihr entgegenhielt, ich sei es wohl, der sich zu bedanken habe, bei ihr, da lächelte sie nur und blickte auf die Uhr. Hielt mir die Hand hin und war gleich darauf im Saal verschwunden.

Ich blieb da stehen, denn sie sang *Die traurige Gitarre*.

Was war es, das mich diesen nicht einmal sonderlich geistvollen Song so gern anhören ließ? Produkt einer Branche, in der besser bezahlt wurde, als im privaten Ermittlungsgeschäft. Ich fand es nicht heraus, während Marietta Moreano sang. Aber mir schien, sie sang um eine Nuance trauriger als zuvor. Oder täuschte ich mich da?

Ganz schnell, bevor ich in Richtung Tunnel abfuhr, rief ich noch Pipi im *Excelsior* an, um mich zu entschuldigen, weil ich sie so lange weder besucht noch angerufen hatte. Aber sie überraschte mich mit der versöhnlich klingenden Mitteilung, sie habe so viel Arbeit um die Ohren gehabt, daß sie kaum auch nur an mich hatte denken können, in den letzten Tagen. Die Touristen, die sich immer noch in Hongkong aufhielten, nach der Eingemeindungsfeier, lauerten darauf, daß etwas ganz Schlimmes passierte, und das wollten sie auf keinen Fall verpassen. Außerdem hätten sie die unglaublichsten Wünsche. Gerade sei einer an der Rezeption gewesen, der wollte von echten Hongkonger Gangstern überfallen werden. Seine Frau würde das mit der Videokamera festhalten, für Zuhause, man möchte es den Kindern vorspielen, und den Freunden. Wenn es den Herren Gangstern lieber sei, eine Frau zu überfallen, würde der Gatte eben die Filmaufnahmen machen ...

Ich war erleichtert. Riet Pipi nur noch, nicht auf die Dschunke zurückzukehren, bevor ich mit ihr gesprochen habe. Sie meinte, so schnell käme sie nicht, man habe sie in Abwesenheit der Nachtfrau zu durchgehendem Dienst an der Rezeption verdonnert, wenigstens noch für einige Tage ...

Dann war Miß Alma Tsao an der Reihe. Würde das klappen, was ich mit Bobby Hsiang zusammen ausgebrütet hatte, um die Gegenspieler aus ihrer Verwirrung heraus den entscheidenden Fehler machen zu lassen?

Die Dame des Hauses empfing mich im Chefbüro.

Für sie war die Regelung, daß nach dem Ableben des Erben die Redaktion alles übernahm, um die

Tradition der *Pacific Voice* weiterzuführen, bereits in Kraft getreten. –

Ihr Haar war frisch getönt. An Kleidung trug sie heute Markenjeans, die wie eine zweite Haut saßen und eine Bluse mit militärischem Schnitt. Sah aus wie jene amerikanischen Militärärztinnen aus den Vietnamkriegsfilmen, die ein paar langersehnte Urlaubstage in Bangkok verbrachten. Oder eben in Hongkong.

Während sie Tee orderte, konnte ich beobachten, daß ihre Hand, die den Telefonhörer hielt, ganz leicht zitterte. Parkinson war das sicher nicht. Ob sie ahnte, daß ich gekommen war, um ihr unangenehme Fragen zu stellen? Wenn ja, dann hatte sie recht.

Ich vergeudete keine Zeit und kam, sobald der Tee vor uns stand, zur Sache. Verbindlich und von der Seite her, wie man das bei uns nannte, indem ich zuerst die Gesundheit der Mutter und ihre eigene abfragte, mich ein wenig über den Taifun beklagte, bis ich mich dann, ohne im Tonfall etwa schärfer zu werden, erkundigte: »Sagen Sie bitte, stimmt es, daß Mister Yueh Po-chai seit geraumer Zeit von den Chiu Chao erpreßt wurde?«

Ihre Gesichtsfarbe veränderte sich, während sie sich Mühe gab, ungerührt zu erscheinen. Und ihre Augen veränderten sich ebenfalls. Weil sie wohl wußte, daß ihre Hände etwas zitterten, legte sie sie flach vor sich auf den Schreibtisch. Immerhin hatte sie sich soweit in der Gewalt, daß, abgesehen von einem leichten Tremolo in ihrer Stimme, die Gegenfrage ziemlich gleichmütig klang: »Sagten Sie Erpressung?«

»Man kann es höflicher ausdrücken. Etwa indem man sagt, er wäre ermuntert worden, der gemeinnützigen Organisation der Shantouer Teochiu mit einer gewissen Regelmäßigkeit Spenden zuzuleiten.«

Ich hatte absichtlich die beiden Bezeichnungen erwähnt, um ihr anzudeuten, daß ich über diese Gang Bescheid wuße: in Hongkong nannte man die insgesamt sieben verschiedenen Teochiu-Cliquen Chiu Chao. Auf dem Festland hingegen hielten sich teils die Bezeichnungen der sieben Dorfgemeinschaften des Shantouer Gebiets, oder man sagte einfach Teochiu.

»Wir machten Spenden für gemeinnützige Zwecke, ja …«, versuchte sie sich einer genauen Antwort zu entziehen. Sie war klug. Sie war auch geschickt. Aber sie würde das Spiel nicht mehr lange durchhalten.

»Miß Tsao«, ich lächelte sie dabei an, »wollen wir weiter im Kreis schwimmen, oder wollen wir nicht lieber dem Festland der Tatsachen zustreben? Mister Yueh Po-chai hat an Mrs. Hsu Kwan gezahlt. Darüber brauchen wir nicht weiter zu rätseln, das ist mir aus hinreichend verläßlicher Quelle bekannt. Wollen Sie das nun fortsetzen?«

Sie fuhr mich an: »Mrs. Hsu Kwan hat Mister Yueh Po-chai besucht, ja! Aber ich weiß nichts von Zahlungen an sie. Es gab keine entsprechenden Buchungen!«

»Natürlich nicht! So etwas wird bar auf die Hand gezahlt!«

Als sie darauf nichts sagte, gab ich ihr zu bedenken: »Sie wissen doch, daß mit der Übernahme durch das Mutterland einige Steuerkontrollen erfolgen werden, unvermeidlich – wie wollen Sie die Zahlungen verbuchen, falls Sie sie weiterführen?«

»Ich werde nichts tun, was ungesetzlich ist«, gab sie etwas matt zurück. Ich setzte sofort nach.

»Selbst wenn es Ihnen gelingen sollte, Buchungen zu frisieren, um Bargeld verfügbar zu machen, für diese, nun sagen wir mal Spenden, was meinen Sie, wird die neue Besitzerin sagen, wenn sie dahinterkommt?«

»Besitzerin der *Pacific Voice*?«

»Die meine ich, ja.«

Sie machte nicht mehr den Versuch, ihr Erschrecken zu verbergen. »Sie glauben, das Gerücht, das der *Island Guardian* verbreitet hat, ist ernstzunehmen?«

»Ich nehme es ernst. Es wird übrigens erzählt, die fragliche Person, von deren Existenz Mister Yueh Po-chai erst kurz vor seinem Tode erfahren haben soll, stammt über mehrere Generationen von einer Familie im Mutterland ab.«

»Das habe ich befürchtet ...« Es klang wie ein Stoßseufzer. Aber sie besann sich sofort und brach den Satz ab.

»Und sie soll nicht aus der Gegend um Shantou sein. Also wird sie kaum ein Ohr für die Wünsche der Chiu Chao haben, auch wenn sie von einer so bezaubernden Person wie Mrs. Hsu Kwan vorgebracht werden ...«

Ihr Gesicht bekam einen Ausdruck von nicht mehr zu unterdrückender Wut, als sie hervorsprudelte: »Bezaubernde Person! Sie ist der letzte Dreck! Ich habe Po-chai immer vor ihr gewarnt. Aber es half ja nichts, sie hatte die besseren Karten ...«

Sie hielt inne, weil sie wohl erkannte, daß sie unvorsichtig viel gesagt hatte. Ich nutzte die Chance und fuhr fort, den Baum zu schütteln, damit die Früchte herabfielen: Auf gut Glück fragte ich: »Waren Sie dabei, als Mrs. Hsu Kwan Ihren Chef unter Druck setzen wollte, ein Testament zugunsten der Chiu Chao zu machen?« Ganz plötzlich gab sie ihre Zurückhaltung auf.

Sie schüttelte heftig ihren Kopf, wobei das kastanienfarbige Haar, obwohl die Frisur einwandfrei lag, hin und her schwang. Dabei fauchte sie: »Ich war nicht dabei! Ich hätte es keine fünf Minuten mit dieser Tochter einer Schildkröte ausgehalten, ohne ihr an den Hals zu gehen!«

»Sie waren es auch nicht, die ihr den Schlüssel zu Mister Yuehs Wohnetage gab – ich meine den, der den Fahrstuhl auf dieser Etage öffnete?«

»Er schloß von innen auf, als sie ihn besuchte.«

»Aber der Mörder muß doch auch einen Schlüssel gehabt haben, oder?«

Sie senkte den Kopf. Sagte nichts. Bis ich nachfragte: »Vielleicht hat sie den Schlüssel von Mister Yueh bekommen, ohne daß Sie davon wußten?«

Eine Weile zögerte sie noch, dann offenbarte sie mir einigermaßen trotzig: »Sie bekam den Reserveschlüssel von Mister Yueh.«

»Ist Ihnen klar, daß bei dieser Sachlage Mrs. Hsu Kwan sehr wohl Ihren Chef getötet haben könnte?«

Sie verschloß sich wieder. Aber dann fiel ihr ein: »Warum hätte sie das wohl tun sollen? Sie wollte nicht nur Geld von ihm, sie brachte ihn auch dazu, daß er sich immer weniger Zeit für mich nahm ...«

Wieder hielt sie inne, geradezu verschreckt von dem, was sie so impulsiv geäußert hatte. Die Frau befand sich in der quälenden Situation, daß es sie einerseits drängte, ihre Enttäuschung, ihre Empörung herauszuschreien, daß sie aber andrerseits erfahren genug war, um die Gefahr zu erkennen, die mit jedem dieser vom Zorn ausgelösten Eingeständnisse auf sie zukam.

Aber es gab kein Zurück mehr. Sie sprach es aus: »Halten Sie mich bitte nicht für eine eifersüchtige Geliebte, Mister Lim Tok. Es war einfach unerträglich! Sie drängte sich buchstäblich in unser Leben. Infam! Ich habe lange geschwiegen, aber ich kann das nicht mehr weiter durchhalten – die Frau ist unersättlich, sie hat kein Gewissen! Nicht nur, daß sie Mister Yueh zum Spenden erheblicher Summen drängte, sie hat die Schuld an seinem Tod, ich zweifle nicht mehr daran, so oder so ist es auf sie zurückzuführen. Vielleicht ist sie sogar diese ominöse junge Frau, von der der *Island Guardian* behauptet, Mister Yueh habe ihretwegen noch einmal das Testament geändert ...!«

Eigentlich hatte ich genug erfahren. Mehr als erwartet. Ein Glücksfall. Oder auch nicht? Denn ich hatte schon damit gerechnet, daß die Freundin von Mister Yueh, die bisher niemandem alles gesagt hatte, was sie wußte, einmal doch ihr Schweigen brechen würde. Allerdings: sagte sie jetzt die Wahrheit?

Auf jeden Fall war es erst einmal nötig, ihr die alte Selbstsicherheit zurückzugeben und ihr klarzumachen, daß man auf ihrer Seite stand. Doch zuvor erkundigte ich mich noch betont beiläufig: »Haben Sie selbst auch sozusagen Wurzeln im Shantouer Gebiet?«

»Warum wollen Sie das wissen?«

Ich machte sie aufmerksam: »Nun, falls Sie zu der Bruderschaft der Chiu-Chao-Leute gezählt werden, wären Sie in ziemlicher Gefahr. Wegen Verletzung des ungeschriebenen Shinyung-Gesetzes, das Loyalität und Schweigen verlangt ...«

Sie sagte gelassen: »Mein Großvater gehörte zu einer Bruderschaft. Er wanderte aus. Heiratete in Kalifornien, wo er im Bahnbau als Koch arbeitete, eine Amerikanerin. Der einzige Sohn ging wieder an den Han-Fluß zurück, in die Nähe von Swatou, wie Shantou ja damals hieß. Er heiratete die Tochter eines Kaufmanns. Die beiden wanderten nach Hongkong aus, als ich noch ein Kind war. Vater ist lange tot. Meine Mutter lebt bei mir ...«

Wieder unterbrach sie sich, als habe sie zuviel gesagt. Ich fragte nicht weiter. Sie erinnerte sich an den Tee, führte die Tasse zum Mund und stellte mißmutig fest, daß das Getränk abgekühlt war.

»Ich habe nie zu einer dieser Bruderschaften von

Zuhause gehört«, sagte sie. »Auch meine Mutter nicht. Vielleicht hat man uns vergessen. Bis diese Frau kam, die eine Galerie betreibt ...«

»Sie ist die Herrin über alle Hongkonger Clans?«

Miß Tsao nickte. »Offenbar.«

»Kennen Sie einen Herrn Chao Yan? Drüben in Mong Kok. Führt ein Tanzlokal.«

»Nie von einem Mann dieses Namens gehört.«

Ich unterdrückte einen Seufzer. »Glauben Sie mir, Miß Tsao, ich hoffe, Sie müssen nie von ihm hören. Ich halte ihn für den Vollzugsmann für Hongkong.«

»Was ist ein Vollzugsmann?«

»Er erledigt die eher schmutzigen Arbeiten der Clique. Wenn man davon absieht, daß Geld natürlich zuweilen auch schmutzig ist. Daß es, wie man sagt, gewaschen werden muß. Dieser Mann könnte auf Befehl der Chefin veranlassen, daß Sie binnen weniger Stunden aus dem Weg geräumt werden.«

»Sie halten mich für gefährdet?«

Eine naive Frage. Mein Instinkt gab mir ein, daß diese Frau die Wahrheit sagte, wenn sie behauptete, nie zu einer Bruderschaft gehört zu haben. Vermutlich hatte sie in Yueh Po-chai eben doch nur den Liebhaber gesehen, der außerdem noch Geld hatte.

Ich riet ihr: »Sie sollten sich unter Schutz stellen lassen, bis die ganze Affäre beigelegt ist.«

»Wie sollte das denn gehen?«

»Ich habe einige persönliche Beziehungen. Darüber könnte ich organisieren, daß Sie in einem sicheren Quartier untertauchen ... auch Ihre Mutter.«

Sie schüttelte trotzig den Kopf. Dann sagte sie: »Sprechen Sie nicht darüber, und niemand wird erfahren, was ich Ihnen gesagt habe.«

Aus der Schublade ihres Schreibtisches zog sie eine kleine Pistole. Eines dieser Spielzeugdinger, die aber trotzdem einen starken Mann stoppen können, vorausgesetzt, man trifft damit die richtige Stelle, was eben nur selten der Fall ist, vor allem bei Leuten, die selten schießen.

»Ich habe nichts gesehen«, versicherte ich ihr. »Haben Sie eine Lizenz dafür?«

»Nein.«

»Überlegen Sie gut. Niemand wird von mir hören, was Sie mir erzählt haben. Sollten Sie trotzdem bedroht werden, zögern Sie nicht, mich zu benachrichtigen. Mit diesem Ding da, wenn Sie jemanden damit treffen, gibt es nur Ärger. Die Polizei hat das nicht gern.«

Eine starke Frau, wie es schien. Langsam wurden die Umrisse dessen erkennbar, worum es hier ging. Der Gonganbu, Chinas nicht zu unterschätzender Geheimdienst, hatte wohl tatsächlich kaum etwas mit der Sache zu tun, ausgenommen, daß er damit nicht auch noch ins Gerede gebracht werden wollte, zu all dem, was man ihm ohnehin ankreidete. Und aus ähnlichen Erwägungen hielt sich die Polizei zurück, schließlich drehte es sich ausgerechnet um den Chef dieser rüden Oppositionspostille, von der jeder erwartet hatte, daß die neuen Behörden sie auf jede erdenkliche Art bekämpfen würden. Nur daß es eben ein bißchen anders war ...

Miß Tsao sollte – ob ihr das recht war oder nicht – für eine Weile aus dem Spiel ausssteigen. Das würde die Fronten klären. Ich ging die Sache sofort an, nahm mein Handy, wählte Bobby Hsiangs Nummer, und als er sich meldete, verkündete ich ihm: »Ich habe guten Grund, Miß Tsao für höchst gefährdet zu halten. Gibt es eine Chance, sie polizeilich zu schützen?«

Wir hatten vereinbart, daß ich so verfuhr. Ich wartete seine Antwort ab, und dann wandte ich mich an Miß Tsao: »Die Polizei teilt meine Meinung. Wie lange brauchen Sie, um für sich selbst und Ihre Mutter die notwendigsten Utensilien zu packen. Die Polizei bringt Sie in einem überwachten Quartier unter. Höchster Komfort. Höchste Sicherheit. Nur kein Ausgang, bis die Gefahr vorbei ist.«

Sie dachte eine Weile nach. Telefonierte dann mit der Mutter. Danach konnte ich Bobby Hsiang auffordern, sich auf den Weg zu machen.

Er brachte gleich die Zivilbeamtin mit, die wir an Stelle von Miß Tsao in deren Büro sozusagen zum Anbeißen auslegen wollten, wie einen Köder an der Angel. Eine Dame, die etwa so alt und auch im Aussehen Miß Tsao ähnlich war. Rose Kong. Bobby schien sie schon um einiges besser zu kennen. Er stellte sie mir als Queen Kong vor, wozu sie nur lächelte.

Dann machte sich Bobby mit Miß Tsao auf den Weg zu deren Mutter, um die beiden Frauen in Sicherheit zu bringen. Mir flüsterte er nur noch zu, es sei dasselbe Haus, in dem wir bereits Mister Yueh Po-chai hatten untertauchen lassen.

Ich teilte Miß Kong noch mit, daß sie sich, wann immer sie einen Verbündeten brauchte, am besten an Mrs. Tu, die Fernschreiberin wenden solle. Diese weihte ich kurz ein, weshalb im Büro von Miß Tsao eine fremde Dame saß.

Dann machte ich mich auf, um Jerome Blondel zu treffen. Wieder im April Moon, wo mir die Bardame zum Zeichen, daß Sie sich an mich erinnerte, sogleich ein Bier einlaufen ließ.

Wir belegten wieder den gleichen Ecktisch wie beim letzten Mal. Außer uns gab es heute hier nur noch zwei alte Damen, die offenbar in der Lotterie gewonnen hatten, denn sie aßen den teuersten Kuchen aus dem umfangreichen kantonesischen Süßspeisenrepertoir, das die Kneipe komplett zu führen schien.

Und dann war da noch ein Herr in reiferen Jahren, der hatte einen Hund bei sich, von der Sorte, die ich gewöhnt war, Bullenbeißer zu nennen, wegen der gefährlich aussehenden Zähne. Doch dieses Exemplar war offenbar so alt oder so träge, daß es nicht einmal einen seiner Sehschlitze öffnete, als ich an ihm vorbeiging und artig »Guten Abend« sagte.

Möglicherweise war er auch zu vollgefressen, um noch aus den Augen gucken zu können, ohne daß es ihm weh tat.

Blondel hatte sich ebenfalls bei Bier eingerichtet. Er hielt mir die Hand hin, und dabei kniff er ein Auge zu: »Weiter ins Rollen bringen ...?«

Die Schönheit von der Bar stellte das Bier vor mich hin, und Blondel warf ihr einen schmachtenden Blick zu, den sie geschmeichelt erwiderte.

Anstandshalber lobte ich sie: »Niemand schenkt das Bier so zauberhaft ein wie Sie!«

Wir nahmen erst einen gesunden Zug, dann steckten wir die Köpfe zusammen, und nach einer gewissen Zeit waren wir uns einig, was nun kommen sollte. Worauf wir uns ein paar Dim Sum kommen ließen und je ein Schälchen Cherry. Weil Blondel offenbar ein Leckermaul war und ich anstandshalber mitmachte.

Am nächsten Nachmittag, als der *Island Guardian* herauskam, konnten die Leute da, wo es nicht zu übersehen war, folgende Geschichte lesen:

ERBIN AUS DEM SCHATTEN

Seltsame Dinge sind geschehen. Der Chef der »Pacific Voice« wird ermordet. Sein Bruder, der das beliebte Boulevardblatt erben soll, wird ebenfalls umgebracht, bevor er das Erbe antritt. Jemand öffnet heimlich sein Grab. Darin liegt aber nicht dieser Erbe, sondern ein Mann, der die Tätowierung der Chiu Chao trägt, des Clans der San Tien Hui, einer der mächtigsten Triaden. Dann wird der Rechtsanwalt

B. Y., nachdem bereits bei ihm eingebrochen wurde, krankenhausreif geschlagen, weil er das Testament des Zeitungsbesitzers nicht herausrückt. In dem soll es (!) einen nachträglichen Zusatz über einen weiteren Erben geben – eine außereheliche Tochter des Erblassers.

Niemand weiß Genaues. Nicht einmal der Privatermittler L. T., der im Familienauftrag an der Aufklärung der Sache arbeitet. Wohl weil unsere Polizei nicht gerade die Aura höchster Effizienz um sich verbreitet, besonders bei solchen höchst privaten Geschichten. Allerdings gelingt es ihr, auf der Wohndschunke des besagten Privatermittlers zufällig zwei ungebetene Besucher festzunehmen, die dort lauern. Auch sie entpuppen sich als Chiu-Chao-Leute. Dann wird der Privatermittler, dem wohl der ungebetene Besuch auf seiner Dschunke galt, bewußtlos geschlagen und in einen Keller gesperrt. Leute, die sich nicht vorstellen, wollen von ihm wissen, wo das Testament zu finden ist und um wen es sich bei der außerehelichen Tochter des Zeitungsmannes handelt. Es gelingt ihm, zu flüchten. Dann verhaftet die Polizei einen Tanzschuppenbesitzer in Kowloon, von dem Eingeweihte uns verraten haben, daß er der »Exekutor« der hiesigen Chiu-Chao-Clique ist. Und plötzlich taucht im Büro des ermordeten Zeitungstycoons eine Dame im besten Alter auf, um zu »übernehmen«. Die Erbin? Sie sagt ja. Interessant: Die bisher in diesem Büro sitzende »rechte Hand« des toten Chefs der »Pacific Voice« verschwindet spurlos.

Was geht da eigentlich vor?

Unser Redaktionsbote meint, es handelt sich ganz einfach darum, daß die Chiu-Chao-Sippe, die in Hongkong selbstverständlich auch ihre Organisation hat, mit der »Pacific Voice« nicht nur eine Geldquelle, sondern auch ein Instrument für sich »erwerben« möchte, das ihr erheblichen Einfluß auf Massen von Lesern sichern soll. Wofür, das ist von klugen Leuten zu erraten.

Die so überraschend in der Redaktion des beliebten Blattes aufgetauchte »Erbin« wurde von uns um Gewährung eines Interviews gebeten. Sie lehnte ab.

Rechtsanwalt B.Y., an seine Schweigepflicht gebunden, äußert sich nicht. (Abgesehen davon, daß er eine schwere Gehirnerschütterung auszukurieren hat, die sein Erinnerungsvermögen beeinträchtigt. Wie er sagt.)

Was den »Island Guardian« betrifft, so wird der Schreiber dieser Zeilen an der mysteriösen Sache dranbleiben und weiter berichten. Zuvor wird er allerdings erst einmal eine interessante Ausstellung kambodschanischer Gemälde in der Galerie Opal besuchen, auf die er kürzlich hingewiesen wurde: da kann man viel über das erfahren, was hinter diesen Zusammenhängen steckt!

Das hofft der Reporter ...

In der Robinson Road atmete ich Auspuffgase ein, die gut und gern für drei Herzanfälle gereicht hätten. Es war wie verhext. Erst gab es die Baustelle, an der wohl noch ein Taifunschaden im unterirdischen Röhrensystem beseitigt werden mußte, und die Regulierer, die an beiden Seiten der schmalen Fahrrinne standen, ließen sich demonstrativ Zeit mit dem Durchwinken.

Dann kippte an der Spitze der Schlange, in der ich seit der Kreuzung an der Synagoge fuhr, ein mit festgezurrten Holzkisten zu hoch beladener Lastwagen um. Bis ein Pulk Arbeiter die teils zerbrochenen Kisten beiseite geräumt und das Porzellan, das sie enthielten, zu weißgoldenen Häufchen zusammengekehrt hatte, verging die Zeit so langsam wie in einem schlechten Film.

Zuletzt, als der Komplex des Nethersole Hospitals schon zu sehen war, fuhr ein nervöser Jeepdriver, dem die Straße wohl nicht genug Löcher hatte, in einem Anfall von Amok ein Dreirad an, dessen Ladefläche mit Hühnerkäfigen vollgepackt war. Die Tierchen nahmen es übel, als ihre Käfige auf dem Asphalt zerkrachten. Sie flatterten so boshaft durcheinander, daß wir anderen, die an der Katastrophe gar keine Schuld hatten, warten mußten, bis ein paar schnell herbeigeholte Helfer wenigstens den größeren Teil der Vögel wieder eingefangen hatten.

Gerade als ich auf dem Parkplatz wütend die Autotür zuknallte und ich mir ausmalte, was Bobby Hsiang an gehässigen Kommentaren auf Lager haben würde, weil ich so spät war, sah ich ihn von der Straße abbiegen und ebenfalls auf den Parkplatz fahren. Da verwandelte sich mein Zorn sogleich in Schadenfreude, und ich begrüßte meinen Freund mit lautem Gelächter. Anschließend die Frage, ob er denn keine Sirene dabei habe.

Er knurrte nur: »Du Idiot, meinst du, die Hühner hätten darauf reagiert?«

Was mich zu der unvorsichtigen Bemerkung veranlaßte, Hühner hätten, glaube man der *Pacific Voice*, einen höheren Intelligenzquotienten als beispielsweise Rinder.

Er schüttelte nur den Kopf und meinte: »Dir kann jedes Scheiß-Blatt auch jeglichen Quatsch einreden!«

Dann wollte er wissen, ob es Neuigkeiten gäbe. Es gab noch keine.

Dr. Bu Yon machte schon wieder einen ziemlich munteren Eindruck, wenngleich sein Kopf mehr Verbandmull aufwies als Haare. Sah aus wie einer dieser Kino-Araber, die meist hinter Weibern her sind und dann von männlichen Hauptdarstellern erschossen werden.

Ich entschuldigte mich dafür, daß ich wohl einen großen Teil Schuld an dem hatte, was ihm zugestoßen war. Ohne meinen Einbruch bei ihm zu erwähnen. Bobby hatte mir ausdrücklich dazu geraten. Es würde den ohnehin verwirrten Mann nur noch mehr durcheinander bringen. Und der Einstieg war ja auch umsonst gewesen, weil die echten Diebe schon vorher dagewesen waren.

Bu Yon winkte bei meiner Entschuldigung höflich ab. Die Kerle hätte er so oder so auf dem Hals gehabt, meinte er.

Bobby fummelte aus seinem Woolworth-Jackett ein Bündel Fotos hervor, und wir ließen dem Patienten Zeit, sie in aller Ruhe zu begucken. Das Zimmer, das der Anwalt hier hatte, war nach den Hongkonger Maßstäben sehr gut ausgestattet. Wie die ganze Klinik, die einen guten Ruf hatte. Und gesalzene Preise.

»Dieser ...«, sagte Bu Yon und hielt Bobby eines der Fotos hin, nachdem er das Bündel durchgeblättert hatte.

Es war der mit den großen Händen, den ich wegen seiner ausgeprägten Vorliebe für Beinarbeit im Suzie-Wong-Keller in Erinnerung hatte. Unwillkürlich schmerzten meine Rippen beim Gedanken an ihn.

Ich sagte zu Bobby: »Der arbeitet für Chao Yan.«

»Du kennst ihn?«

»Wenn ich ihn nächstes Mal treffe, ohne gefesselt zu sein, quetsche ich ihm seine Tschigong-Kugeln grün und blau!« Ich erklärte Bobby, woher meine Bekanntschaft mit ihm rührte.

Dann besah ich mir den Rest der Fotos noch, und es lohnte sich sogar. Der elegante Türsteher von dem Hochhaus, in dem Miß Hsu Kwan ihre Opal-Galerie betrieb, war dabei, mit dem Namen Chak Sam auf der Rückseite der Pappe.

Als ich Bobby darauf aufmerksam machte, fragte

der nur mitfühlend zurück: »Und da willst du morgen hin?«

»Angelhaken auslegen.«

Er zog die Augenbrauen hoch, und ich lobte ihn, weil ich wußte, daß er gern mal gelobt wurde: »Ihr seid gut informiert, was diese Clique angeht!«

Als wir uns von Dr. Bu Yon verabschiedet hatten, vor dessen Zimmertür auf einem unbequemen Klinikstuhl, der hervorragend gegen Einschlafen wirkte, ein Zivilpolizist saß, für den Bobby im Vorbeigehen nur zwei Finger an die Schläfe legte, brummte er: »Sollen wir dich morgen abschirmen?«

Ich fand die Idee gut. »In dem Gebäude wird sich kaum etwas abspielen. Aber beim Verlassen. Sie werden wissen wollen, wie sie mich erwischen können und was das mit dem Reporter zu bedeuten hat.«

»Okay Wir machen es so, daß keiner aufmerksam wird. Deine Dschunke schirmen wir ja auch auf die Weise ab.«

Als ich ihm eröffnete, daß ich im Augenblick nicht auf der Dschunke wohnte, sondern in einem Zimmer, das Pipi für uns beide im *Excelsior* besorgt hatte, grinste er nur. Er wußte das natürlich schon. Aber, so meinte er, sie würden den Kasten trotzdem im Auge behalten. Und auch das *Excelsior*. Ich kam mir vor wie ein Staatssekretär.

»Du wirst das alles natürlich nicht merken«, versicherte er mir.

Und dann schlug er vor, im Tea For Two, in der Nähe der Klinik, dessen Wirt wir noch aus der Polizistenzeit kannten, und wo wir zuweilen eine Pause eingelegt hatten, ein Bier zu trinken.

Eine notwendige Pause. Denn für den morgigen Besuch in der Galerie Opal gab es einiges zu beraten. –

Pipi drängte mich, den Revolver mitzunehmen, als wir in unserem Zimmer im *Excelsior* beim Frühstück saßen. Jeder in dem riesigen Hotelkasten schien es darauf abgesehen zu haben, uns das Gefühl von Ehrengästen zu vermitteln. Daher bekamen wir ein Frühstück, wie es sich der normale Zimmergast nur erträumen konnte. Der Tee war sogar noch heiß, obwohl der Kellner mindestens einen halben Kilometer damit unterwegs gewesen war, ganz zu schweigen von den Fahrstühlen und ihren Macken. Es fanden sich außer Lachs auch vier Wurstsorten und ein halbes Dutzend süßer Aufstriche, von Mango-Marmelade bis Nußcreme auf dem Tablett.

»Europäisch«, sagte der Kellner feierlich, bevor er die Deckel hob.

Trinkgeld zu nehmen, weigerte er sich strikt. Flüsterte Pipi zu: »Bitte, bringen Sie mich nicht in Verlegenheit! Ich freue mich, wenn ich einmal etwas für Sie und Ihren Herrn Gemahl tun kann ...«

Der Herr Gemahl kommentierte das nur mit einem fröhlichen »Danke!« und widmete sich dann einem Salat, in dem Gemüse von allen nur denkbaren Farben leuchtete.

Als ich mich von Pipi verabschiedet hatte, traf ich auf dem Flur einen Boy, der mir bedeutungsvoll zublinzelte. Bobby Hsiang schien Wort zu halten. Die Zimmerfrau, die gerade aus ihrem Geräteraum kam, mit den verschiedensten Zusatzgeräten zu ihrem Staubsauger beladen, rief hocherfreut aus: »Ah, ein neues Gesicht im Haus!« Damit drehte sie dem Bewacher ihre Geräte an und kommandierte: »Legen Sie das ganz hinten ab, beim letzten Zimmer!«

Der Boy verkniff sich ein Grinsen und tat, was sie verlangte.

Staatsgäste Mr. Lim Tok und seine ehrwürdige Dauerbraut Pipi – gewissenhaft bewacht auf Kosten der Allgemeinheit –, da mußte ja der Steuerzahler vor Begeisterung jubeln!

Ich hatte meinen Revolver trotz Pipis Rat doch nicht mitgenommen. Er lag in einem dieser praktischen Schließfach-Safes im Hotel. Nicht daß ich die Gefahr unterschätzte, nein, aber ich wollte in dem für heute geplanten Akt des Spiels die Fäden möglichst so ziehen, daß die andere Seite keine Chance hatte, mit Schießeisen zu operieren. Im Gegensatz zu manchen anderen Kollegen machte es mir eben mehr Spaß, die Kanonen geparkt zu lassen und mit den kleinen Tricks der Branche zu arbeiten, anstatt mit Pulverdampf.

Nicht, daß Sie mich deswegen für einen Mann mit Knallangst halten – wer mich zum Schießen zwingt, ist zu bedauern, weil er sich selbst überschätzt und später nur selten noch Zeit behält, sich selber deswegen auszuschelten. Er weiß nicht, daß ich mit diesem Handfeuerwerk schon so manchen Mitstreiter übertroffen habe, als ich noch als Polizist verpflichtet war, die Schieße selbst dann mitzuschleppen, wenn ich nur loszog, um einen Bekifften festzunehmen, der ein Schaufenster des Shopping Mall eingeschlagen hattte, um an ein neues Jackett zu kommen ...

Als ich an der Ladenpassage vorbeifuhr, die das *Excelsior* betrieb, und wo man von golddurchwirkter Shantungseide bis zum Mickymaus-Präservativ so gut wie alles kaufen konnte, was teuer war, mußte ich an so eine Gelegenheit denken. Da hatte ich einen Klemmer festgenommen, der mich für einen leicht angetrunkenen Touristen gehalten hatte, bis die Handschellen saßen, und der mir dann gestand: »Wenn ich auch nur geahnt hätte, daß du mir an die Haut willst, hätte ich dir mit meinem Gerät zu einem Holzbein verholfen ...«

Ich nahm ihm eine der neuen italienischen Konstruktionen ab, von der ich später erfuhr, daß die meisten Benutzer sich damit eher aus Versehen ins eigene Knie schießen, als einen Treffer im Rumpf des Gegenspielers zu landen.

Über mein Handy meldete sich Jerome Blondel, der bis zur Galerie Opal in der Hollywood Road den kürzeren Weg von uns beiden hatte. Er würde in der Parketage warten. Wenig später teilte mir Bobby Hsiang mit, sein Team wäre angekommen, was immer das heißen sollte. Ich hoffte, die Kerle würden nicht gerade so auffallen wie der Boy im *Excelsior*.

An der nächsten Ampel, als meine Geduld erprobt wurde, tippte ich die Nummer von Miß Hsu Kwan ins Handy ein. Und als sich die Vorzimmerdame meldete, flüsterte ich ihr heiser zu: »Ein Tip von einem Freund. Bitte sofort an Miß Hsu Kwan übermitteln: gleich wird der Zeitungsreporter des *Island Guardian*, der in dem Fall des toten Zeitungserben herumgräbt und eben die Erbin der *Pacific Voice* interviewt hat, bei Ihnen auftauchen, um sich die Ausstellung mit der Khmer-Malerei anzusehen. Name ist Jerome Blondel ...«

Ich drückte schnell den Aus-Knopf. Nun stand die Chefin der Hongkonger Chiu Chao vor einer komplizierten Entscheidung. Was würde sie tun?

Jerome Blondel war angezogen wie ein Türsteher in einer mittelklassigen Krawallbude in Kowloon. Kariertes Jackett, Ohrclips, violette Hosen. Über dem knallgelben Hemd ein fischblauer Schlips mit weißen Elefanten.

»Dir fehlt bloß noch eine Pfauenfeder, möglichst im Hintern steckend!« zog ich ihn auf, wobei ich mit einem Lachanfall kämpfte. Sein üppiges Haar war mit Hilfe von lästerlich stinkender Brilliantine gescheitelt und angeklatscht, wie es die Luden in den alten amerikanischen Filmen über Al Capones Blütezeit zu tragen pflegten.

Ich ließ ihn vorausgehen. Wir würden uns in der Galerie treffen, für den Fall, daß Miß Hsu Kwan die Chance vorübergehen ließ, den Reporter zur Rede zu stellen. Notfalls würde ich plötzlich auftauchen und sie weiter provozieren.

Das erste, was mir auffiel, als ich in der Eingangshalle aus dem Fahrstuhl stieg, um mich erst einmal umzusehen, war der junge Mann namens Chak Sam, den Bobby in seiner Sammlung von Mitgliedern der Chiu-Chao-Clique hatte. Er tat genau das, womit ich gerechnet hatte. Jeremy Blondel war nämlich auch auf dieser Etage aus dem Fahrstuhl gestiegen und hatte sich – den schmissigen Jung-Empfangsaufseher ignorierend, hier demonstrativ umgesehen, ehe er wieder in die Kabine stieg und sich auf die Ebene der Galerie ziehen ließ.

Und der Bursche hatte seine Beschreibung offenbar gehabt, ihn erkannt und informierte jetzt, genau wie ich es gehofft hatte, seine Chefin.

Ich nutzte aus, daß er die Halle für wenige Augenblicke etwas vernachlässigte, und war im Fahrstuhl verschwunden, bevor er den Hörer auflegte.

Am Eingang zu der Galerie nahm mir eine blondierte Schönheit, die sich sehr viel Mühe gegeben hatte, ihre Mandelaugen vermittels der verschiedensten Tricks recht europäisch aussehen zu lassen, ein beachtliches Eintrittsgeld ab, bevor ich einen ersten Blick auf Pol Pot in Öl, bewaffnet mit einem Schwert, werfen konnte. Die bluttriefende Waffe mußte, so wie sie gemalt war, etwa aus der Zeit der Streitenden Reiche stammen, als Häuptling Cheng mit Hilfe solcher aus westlichen Ländern importierter eisernen Großmesser nacheinander seine sechs

Widersacher besiegte, und als Chin Shi Huang-ti der erste Kaiser eines einigermaßen geeinten chinesischen Staates wurde. Das muß etwa zweihundert Jahre früher gewesen sein, als die von den Christen so gekennzeichnete Zeitenwende, wenn ich in der Schule einigermaßen aufgepaßt hatte.

Huang-ti, das hieß göttlich, und es veranlaßte Mao Tse-tung viel später, sich ungeniert mit eben diesem Gottkaiser zu vergleichen, worüber einige der besten Hongkonger Witze gemacht wurden, bei denen nie geklärt werden konnte, ob sie britischen oder chinesischen Ursprungs waren.

Ich sagte mir gerade – in Anbetracht der Tatsache, daß die Chin die kürzeste Zeit von allen chinesischen Dynastien regiert hatten –, daß sich Geschichte zwar nicht gerade wiederholt, daß sie aber immer wieder vergleichbare Erscheinungen zeitigt, als Blondel in meinem Blickfeld auftauchte. Und im Hintergrund schob sich aus einer Tür, neben der eine Darstellung von Totenköpfen hing, die schöne Lady Hsu Kwan.

Es gelang mir gerade noch, hinter einer der mit Majolikaplatten bepflasterten Säulen zu verschwinden, als die Lady auch schon – absolut nicht ladylike – Blondel ansprach. Und ich hörte hinter dem künstlerisch wertvollen Pfeiler, den Blick auf eines der unvergeßlichen Angkor-Gesichter gerichtet, aus dessen Augen die Malerin Tränen rinnen ließ, mit an, was da gesprochen wurde, denn es war noch vergleichsweise früh am Tag und es gab weiter kein Publikum um diese Zeit. Die ernsthaften Ölbild-Freaks kamen wohl erst am Nachmittag ...

»Sehr angenehm«, flötete Blondel, etwa so höflich wie der schwule Kommandant eines Hinrichtungskommandos, dem die Schießbereitschaft seiner Truppe gemeldet wird. »Ja, natürlich kenne ich Miß Rose Kong!«

Die Lady blickte sich unauffällig um und vergewisserte sich, daß sie mit dem Besucher allein im Raum war, bevor sie Blondel fragte: »Gehe ich recht in der Annahme, daß Sie der Schreiber der Geschichte über die Vorfälle bei der *Pacific Voice* sind?«

»Sie gehen.«

»Und, wie Sie schreiben, hoffen Sie, hier in meiner Galerie Aufschluß über Hintergründe zu finden?«

»So ist es.«

»Wie kommen Sie darauf?«

Ich bewunderte die Coolness, mit der Blondel sie mit der Eröffnung überraschte: »Nun ja, Miß Hsu Kwan, da muß ich Sie wohl aufmerksam machen, daß unsere Redaktion die Mitteilung bekam, Sie verträten hier in Hongkong verdeckt die Interessen einer Gruppe, die ihre Heimat im Mutterland hat. Es gibt Hinweise darauf, daß es sich dabei um das handelt, was die Leute vom Fach so unfreundlich eine kriminelle Vereinigung nennen ...«

Ihre Stimme blieb ruhig. »Würden Sie bitte etwas genauer werden?«

Wie wir es vereinbart hatten, holte Blondel nun weit aus, um ihre Nerven zu strapazieren. Er begann, ihr die Geschichte der ethnischen Gruppen an der Küste zwischen Swatou und dem Perlflußdelta zu schildern, so um das 17. Jahrhundert herum, als es gegen Ende der Kämpfe zwischen der Mandschu-Dynastie und den Ming in dieser Küstengegend den Piraten Cheng Cheng-Kung gab, den die Engländer aus umstrittenen Gründen Coxinga nannten. Bei ihm und seinen Streitern suchten die Küstenbewohner nicht selten Schutz, wenn sie Schwierigkeiten hatten, weil sie für die Ming-Dynastie waren. Und zur gleichen Zeit bildeten sie gegen die Übergriffe der ungeliebten Mandschu-Beamten bewaffnete Verbände, aus denen nach und nach lokale

Gangs wurden, die erhebliche Macht gewannen. Die starke Auswandererquote gerade aus diesen Gebieten sorgte dafür, daß diese Gangs sich über nahezu ganz Südostasien verbreiteten.

»Wissen Sie«, erzählte Blondel der immer noch geduldig zuhörenden Miß Hsu Kwan, »aus dem sogenannten Dreierkopf dieser Bünde, der für die Führung und die Anbahnung von lukrativen Geschäften wichtig war, auch übrigens für die Beseitigung von störenden Widersachern, entstand das was man heute so allgemein, wenngleich nicht mehr wörtlich ganz zutreffend, die Triaden zu nennen pflegt ...«

»Und was, bitte, hat meine Galerie damit zu tun, Mister ...?«

Die Frage kam wie ein Schuß. Aber der Zeitungsmann hatte wohl damit gerechnet.

»Blondel, Mylady«, klärte er die Galeristin mit gleichbleibender Freundlichkeit auf. »Blondel, Jerome. Mit Ihrer Galerie – das weiß ich nicht. Aber wir haben vor kurzem eine aufschlußreiche Unterredung mit einem Herrn gehabt, der uns gegen gutes Honorar eine Menge über die verschiedensten Syndikate erzählt hat, die jetzt aus dem Mutterland zu uns kommen. Dort waren sie über Jahrzehnte nicht in der Lage gewesen, sich so recht zu betätigen. Hier bei uns hatten sie zwar Vertrauenspersonen, aber erst jetzt, nach der Eingemeindung ins Mutterland, ergeben sich die Chancen, alte Verbindungen neu zu knüpfen und grenzüberschreitende neue Geschäfte anzubahnen. Sie müssen wissen ...«

»Nein, muß ich nicht! Was habe ich damit zu tun?«

Ein naiver Mensch hätte allein aus der empörten Art, in der sie sprach, den Eindruck gewonnen, sie sei tief verletzt, schon weil man sie überhaupt in Verbindung mit gesetzeswidrigen Manipulationen brachte. Nur daß wir eben etwas mehr wußten. Und

Blondel machte seine Sache hervorragend, als er etwas leiser fragte: »Miß Hsu Kwan, wir Zeitungsleute leben von Tips, die uns Leser geben, Hinweise, meist ohne Namen. Ich bitte Sie, das zu verstehen. Deshalb ergibt sich, weil wir auf die Wahrheit der Berichterstattung achten, für uns nicht selten die Notwendigkeit, nachzufragen. Dies ist ein solcher Fall ...«

»Kommen Sie zur Sache, bitte!«

Ich sah, wie plötzlich hinter Blondel, am hinteren Zugang zu diesem Ausstellungsraum, lautlos der forsche junge Mann aus der Empfangsetage erschien, Chak Sam. Er stellte sich, wie ich auch, hinter eine der Säulen und ließ den Blick nicht von seiner Chefin. Wartete allem Anschein nach auf ein Signal, einzugreifen. Mich hatte er nicht entdeckt.

Ich hoffte nur, daß er nicht mit einer Schußwaffe arbeitete, dann war Blondel verloren. Aber – dies war immerhin eine öffentlich zugängliche Galerie, jeden Augenblick konnte jemand hereinkommen, um sich Pol Pots Untaten in Öl anzusehen. Wer ging da schon das Risiko ein, plötzlich eine Leiche liegen zu haben? Allerdings, Kurzschlüsse gab es überall. Wie die Dinge lagen, blieb mir also vorerst nichts als die Hoffnung, daß meine Rechnung aufging.

»Da würde ich Sie gern fragen, ob Sie einen Gastwirt in Kowloon kennen?« Blondel ahnte offenbar nichts von der neuen Gefahr.

»Ich kenne in ganz Hongkong mehrere Gastwirte.«

»Ich meine den, der den Fisch mit den drei Punkten auftätowiert trägt.«

Das brachte sie ein wenig aus dem Gleichgewicht. Aber sie fing sich wieder, obgleich es etwas länger als zuvor dauerte, bis sie antwortete. Sie sagte mit dem nicht ganz überzeugenden Versuch, gleichmütig zu erscheinen: »Wie könnte ich die Tätowierung eines mir unbekannten Mannes kennen?«

Ich bewunderte die Schauspielkunst Jerome Blondels. Mit ihm hatte der *Island Guardian* einen echten Fang gemacht. Aber auch jedes Theater hätte ihn gut und gern engagieren können. Er brachte es sogar fertig zu lächeln, als er charmant sagte: »Ich habe übrigens auch eine Tätowierung, Mylady!« Das klang, wie wenn ein Schuljunge seiner Freundin eröffnet, er hätte eine besonders rare Briefmarke in seiner Sammlung und würde ihr die gern zeigen. Wir hatten viel Zeit darauf verwandt, das Vorgehen auszutüfteln, was jetzt hier lief, und die Mühe schien nicht umsonst gewesen zu sein, denn als Blondel in diesem Augenblick den Ärmel seines verrückt karierten Jacketts zurückstreifte und Miß Hsu Kwan seinen linken Unterarm zeigte, freundlich lächelnd, während sie mit eisiger Miene auf das blickte, was sie da sah, wurde deutlich, daß unsere Provokation ihr Ziel erreichte.

»Lao Hu«, sagte Blondel feierlich. Er tippte auf die Zeichnung eines Tigers, die er sich gemäß unserer Vereinbarung auf der Haut hatte anbringen lassen. »Wir stehen unter dem Zeichen des stärksten aller Tiere. Und unser Prinzip ist das der San Ho Hui. Der drei Harmonien ...«

Er wies auf drei winzige Punkte, die sich in der Tigertätowierung befanden.

Daß die ganze Tätowierung nicht echt war, sondern aus einem Abdruck in Permanentfarbe bestand, den ein Spezialist für derlei Spielereien mit Hilfe einer Schablone aufgebracht hatte, erkannte Miß Hsu Kwan nicht.

Man konnte eine solche Pseudo-Tätowierung mit einer Tinktur, die der Künstler selbst vertrieb, in wenigen Minuten einfach wieder abwaschen. Das würde Blondel damit auch tun. Nachher. Vorerst nutzte er den Umstand, daß die Galerie-Dame die Dreifach harmonischen Tiger wohl nicht kannte. Er belehrte sie leutselig: »Wir haben unser Auslandszentrum übrigens in Paris. Belville. Waren Sie mal dort?«

»Ich frage Sie erneut, was ich wohl mit all diesen Dingen zu tun haben könnte!«

Er ignorierte die Frage. Fuhr fort, fröhlich von den Lao-Hu-Leuten zu plaudern: »Wir haben eine sehr lange Tradition in Paris. Allerdings gab es in der letzten Zeit einige Unstimmigkeiten zwischen verschiedenen Gruppen, aber wir konnten das mit Hilfe unseres höchsten Paten regeln. Er reiste aus Tschekiang an und sprach ein Machtwort. Nun ja, er ließ sozusagen ein Machtwort schießen, haha ... Wollen Sie wissen, was Sie mit der Sache zu tun haben, Miß Hsu Kwan?«

Den letzten Satz sprach er in einem deutlich abgesetzten Tonfall. Er klang höhnisch. Wie die Verhörfrage eines besonders gewieften Vernehmers, der die Antwort ohnehin kennt. Die Frau sah Blondel nur erwartungsvoll an, ohne etwas zu sagen. Sie war auf Haltung bedacht.

Der Reporter schaltete sogleich wieder auf den verbindlichen Plauderton um, so daß sich alles, was er nun sagte, geradezu gespenstisch anhörte.

»Sehr verehrte Miß Hsu Kwan, Sie dürfen sich nicht der Illusion hingeben, daß Sie an diesem Ort hier weiterhin den mächtigsten und an Verbindungen reichsten Tong anführen. Das ist vorbei. Möglicherweise haben Sie das noch nicht gemerkt. Es gibt uns. Und wir leben zwar den drei Harmonien, aber – wir zerschmettern jeden, der uns in den Weg kommt. Gnadenlos, Miß Hsu Kwan. Haben Sie mich bis hierher verstanden?«

Das Gesicht des Empfangsaufsehers Chak Sam, der, um besser hören zu können, den Kopf etwas an der Säule vorbei nach vorn reckte, kam mir eine Schattierung bleicher vor, als es bei seinem Auftauchen hier oben gewesen war. »Ist das eine Kriegserklärung?« Miß Hsu Kwan gab sich Mühe, ihre Stimme nicht vibrieren zu lassen.

»Ein Hinweis«, gab Blondel gelassen zurück. »Bis jetzt. Machen wir uns aber nichts vor, Mylady. Sie stehen für die San Tien Hui. Das wissen nicht nur wir, auch die Polizei weiß es. Was macht man bei Ihnen mit Leuten, die schon bei der ersten Vernehmung der Polizei alles erzählen, was sie überhaupt wissen?«

Die schöne Frau war sichtlich verstört.

Blondel erinnerte sie: »Ich meine einen Gastwirt in Kowloon. Wenn Sie ihn nicht kennen, wie Sie vorhin sagten, dann sollten Sie wissen, daß er Sie kennt. Und er spricht auch über Sie. Ehrlich, Mylady, ich werde in den letzten Tagen immer öfter an Dinge erinnert, die sich in Paris abspielten. Ein Krieg zwischen Brüdern ...«

Er ließ ihr Zeit zum Nachdenken, und schließlich fragte sie: »Ist das nun eine Warnung? Oder ein Angebot?«

Blondel blies die Backen auf, als wolle er andeuten, daß er sehr große Geduld aufbringen mußte, um nicht auszuflippen. Dann klärte er sie auf: »Beides, Mylady. Was Sie für den Gastwirt aus Kowloon tun können, müssen Sie selbst entscheiden. Ist nicht unsere Sache ...«

»Und was ist Ihre Sache?«

»Gut daß Sie fragen. Unsere Sache ist diese Angelegenheit in der *Pacific Voice*. Ich kann meine Berichterstattung darüber – nennen wir es variieren. Ich kann sie auch einstellen. Nichts Neues mehr. Aus. Ein neuer Hahn wird auf Seite eins krähen, und das alte Gegacker der Hühner ist vergessen. Wir haben die *Pacific Voice* übernommen. Das sollten Sie als nicht mehr zu ändernde Tatsache betrachten. Es wird noch ein paar personelle Umstellungen geben, dann ist die Angelegenheit beendet. Wenn

Sie unbedingt Krieg zwischen Brüdern haben wollen ...«

Er bewegte die Schultern und machte ein trauriges Gesicht: »Denken Sie aber stets daran, daß dieser Gastwirt bei den Schnüfflern das auf den Tisch gepackt hat, was er weiß. Von uns kennt er nicht einmal die Namen. Aber von Ihnen ...«

Als sie schwieg, eröffnete er ihr halblaut: »Er hat übrigens Ihre Beziehung zu dem Ermordeten ... nicht verschwiegen. Offenbar wußte er davon ...«

»Er weiß einen Dreck.« Sie war wütend geworden.

Hinter seiner Säule zog Chak Sam in diesem Augenblick eine sehr kleine, sehr flache Pistole aus dem eleganten Jackett. Es war in der letzten Zeit in der betuchten Gesellschaft Mode geworden, sich mit diesen Spielzeugen auszustatten. Aber sie waren gar nicht so lächerlich wie sie aussahen. Sie verschossen 22er Weichbleimunition, die war nicht ummantelt, quetschte sich beim Aufprallen sofort zu einem Fladen platt und riß Löcher, von denen die Pathologen der Homicide-Section zu sagen pflegten, die wären am besten mit Gips zu verkitten.

Es mußte Miß Hsu Kwan gelungen sein, ihrem dienstbaren Geist unbemerkt ein Zeichen zu geben. Vielleicht war es mir auch entgangen, weil diese Leute für solche Fälle natürlich einen Verständigungscode ausgemacht haben, den Außenstehende nicht kennen. Ein bestimmtes Wort, in der Unterhaltung benutzt, eine bestimmte Geste, das konnte für den beiseite gebliebenen Helfer die entscheidende Anweisung sein. Hier hieß es für Chak Sam offenbar, einzugreifen und diesen lästigen Mann, der von einem fremden Clan kam, auszuschalten.

Wir hatten richtig getippt. Der Mord an dem Chef der *Pacific Voice* war weder ein Liebesdrama noch ein vom Gonganbu eingefädeltes Geheimdienstspiel gegen sein Radaublatt gewesen. Hier ging es in einem Augenblick, in dem sich durch die Vereinigung mit dem Mutterland eine Umschichtung in dem kunstvoll gesponnenen Netz der politischen und wirtschaftlichen Einflußmöglichkeiten abspielte, um die Erringung neuer Positionen für solche Clans, die allzu lange im drakonisch regierten Mutterland gleichsam gefesselt gewesen waren. Um Machtanteile wurde hier gerungen. Weil wir das vermutet hatten, war uns in den Sinn gekommen, für den Test die Lao Hu zu erfinden, einen Tong, den es gar nicht gab, dessen Existenz sich Miß Hsu Kwan aber von Jerome Blondel hatte einreden lassen, weil auch für sie alles das, was sich jetzt an Unterweltcliquen auf Hongkong stürzte, nicht eben leicht zu übersehen war. Im Grunde war es Blondel gewesen, der mich auf diese Idee gebracht hatte: Miß Hsu Kwan befreundet sich mit Mister Yueh Po-chai mit dem Ziel, die Zeitung in die Hände der San Tien Hui zu bringen, so oder so. Als es anders nicht klappte, hatte sie den Mord arrangiert. Und gleich darauf, als bekannt wurde, daß der Bruder die Pfründe erben sollte, auch dessen Ausschaltung, die dann schiefgegangen war. Und nun die Irritation mit der angeblich ebenfalls erbberechtigten außerehelichen Tochter ...

Ich mußte neidlos zugeben, dieser Jerome Blondel hatte eine excellente Phantasie. Und er hatte unbedingt selbst dieses Spiel mit der Chefin der San Tien Hui treiben wollen. Nun ja, ich hatte immerhin dafür gesorgt, daß der Junge bei seinem riskanten Auftritt nicht so leicht zu Schaden kommen konnte. Das meinte ich wenigstens. Ich hatte Bobby Hsiang nicht nur für den Plan gewonnen, nach dem wir vorgingen, sondern auch dafür, daß er sich engagierte.

Nun kam es darauf an, daß er das Richtige tat, und vor allem nicht zu spät. Von ihm, auch von Männern, die er möglicherweise hier postiert hatte, war nichts zu sehen gewesen. Ich hoffte nur, daß sie auf ihren Posten waren, denn der gute Jerome Blondel beherrschte wohl die Künste, mit denen die Keilereien in unseren Taekwando-Filmen, in den Karate-Opern bestritten wurden, doch nicht ganz so perfekt wie Jackie Chang, der Superstar. Der wäre jetzt mit gestreckten Beinen auf Chak Sam zu gehechtet und hätte ihm ein paar Rippen gebrochen. Aber bei einer Zeitung trainiert man solches eben nicht. (Fragen Sie mich nicht, was man da überhaupt trainiert, außer cleveren Sprüchen für Leute, die sich freiwillig von anderen sagen lassen, was sie zu denken haben!)

Jedenfalls war Blondel offenbar in Lebensgefahr, denn der elegante Bursche mit der Superflachen machte nicht den Eindruck, daß er Spaß im Sinn hatte, als er hinter seiner Säule hervortrat und auf Blondel zuging, die Pistole auf ihn gerichtet.

Ich entschloß mich schnell. Schlenderte einfach aus der Deckung meiner Säule hervor und schlug die Richtung auf Miß Hsu Kwan ein. Wie ein Besucher, der in einer Galerie herumzuwandeln pflegt, von einer Sehenswürdigkeit zur anderen.

Als Miß Hsu Kwan herumfuhr, mich erkennend die Stirn runzelte, den Mund öffnete, um etwas gewiß nicht Freundliches zu sagen, kam ich ihr zuvor und rief so charmant wie es mir möglich war: »Hallo, Miß ... ach, jetzt müssen Sie mir bitte verzeihen ... oh, natürlich, Miß Hsu Kwan, wie konnte ich das vergessen! Ich bitte tausendfach um Vergebung! Wie es mich freut, Sie in dieser Umgebung wiederzusehen ... Ich hoffe, Sie sind gesund und Ihre Galerie erfreut sich regen Zuspruchs ...«

Ein Maschinengewehr hätte nicht schneller schießen können, als ich ihr Worte entgegenschleuderte, die genau das taten, was ich beabsichtigte, sie verwirrten sie.

Selbst Chak Sam stoppte. Wurde sichtlich unschlüssig. Die Hand mit der Spielzeugpistole hob sich nicht.

Jerome Blondel hüstelte leicht. Ich hatte den Verdacht, daß er ein Grinsen unterdrückte. Er machte ein Gesicht, als wolle er jeden Augenblick fragen, ob hier eigentlich geraucht werden dürfe, er vermisse Schilder, die das verboten.

»Sie ... wagen ... es ...?«

Weiter kam sie nicht. Ein neuer Schreck machte die gewiß nicht gerade übermäßig zu Verlegenheit neigende Frau sprachlos: Bobby Hsiang schob sich vom Eingang her in den Ausstellungsraum, mit gefletschten Raucherzähnen lächelnd, in einer Hand seine Polizeimarke, in der anderen eine Pistole von der Größe einer Palastlaterne. Ich hatte so ein Ding bisher nur ein einziges Mal gesehen, und zwar vor einigen Jahren, in der Hand des deutschen Grafen Waldersee, der in einer bei uns gastierenden Peking-Oper damit herumfuchtelte, wenn er nicht gerade mit seiner chinesischen Kurtisane Goldlotos das Spiel der Wolken und des Regens betrieb (um entgegen der vorherrschenden rüden Mode einmal dezent auszudrücken, was zwei Leute unterschiedlichen Geschlechts machen, wenn sie auf dem Kang liegen!). Das war beim Boxeraufstand, um die letzte Jahrhundertwende, gewesen. Wo hatte Bobby bloß dieses historische Instrument ausgegraben?

Er hielt sich nicht mit höflichen Floskeln auf. Und er zelebrierte genau das, was wir für einen solchen Fall vereinbart hatten, um das Spiel für Miß Hsu Kwan in einen Grad von Verwirrung zu treiben, dem sie nicht mehr gewachsen war.

Er wandte sich weder an sie noch an Chak Sam. Übersah sogar dessen Superflache. Er redete einigermaßen drohend Jerome Blondel an: »Heißen Sie Blondel?«

»Ja, Sir«, gluckste Jerome. Er spielte ausreichend glaubwürdig den Überraschten. Ich hoffte nur, seine Ohrclips pieksten ihn nicht.

»Jerome?«

»Jerome, ja, Sir.«

»Reporter beim *Island Guardian.*«

»Sehr richtig, Sir.«

»Wir haben Fragen an Sie, Mister Blondel. Betrachten Sie sich als festgenommen.«

Er steckte die Polizeimarke weg, zog ein paar Handschellen vom Gürtel ab und rief in Richtung Tür: »Sergeant!«

Dort hinten erschien ein Uniformierter. Bobby hielt ihm die Handschellen hin: »Mitnehmen!«

Während der Polizist Blondel den Schmuck anlegte, wobei der Zeitungsmann auf die Unterlippe biß, um nicht laut herauszuplatzen, senkte Bobby den fürchterlichen Schießapparat und entschuldigte sich formvollendet mit einer Verbeugung vor Miß Hsu Kwan: »Es tut mir leid, Madame.«

Verbeugung in Richtung Chak Sam: »Ebenfalls, Sir!«

Und Verbeugung in meine Richtung: »Auch Sie, Sir, bitte ich zu entschuldigen, daß wir Ihren Kunstgenuß einen Augenblick störten. Der vorläufig Festgenommene wird gebraucht, um wichtige Aussagen über die Verstrickung von Unterweltorganisationen in zwei oder drei bisher ungeklärte Morde zu machen. Er schrieb im *Island Guardian* darüber, und wir vermuten, daß er mehr weiß, als er dort schrieb ... Nochmals bitte ich Sie, unser ungewöhnliches Vorgehen zu entschuldigen ...!«

Sein Abgang hinterließ Miß Hsu Kwan und ihren dienstbaren Geist total verblüfft und mit offenen Mündern, während ich mich räusperte und die mehr als naiv klingende Bemerkung machte: »Ach ja, das war also der Mann, der darüber schrieb, daß man mich in Kowloon in einen Keller gesperrt hatte ...! Von wem er nur alle die Kenntnisse hat? Übrigens, Miß Hsu Kwan, ich wünsche einen guten Morgen, trotz der Aufregung ... eine hervorragende Ausstellung! Ich bin tief beeindruckt!«

Sie sah mich an, wie man eine Spinne an der Wand ansieht, wenn man nicht gerade Entemologe ist, sondern Besitzer des Bettes an der besagten Wand, unter der Spinne.

Ich konnte aus ihrem Gesicht den Zorn lesen. Sie begriff das Spiel nicht ganz, das hier lief, aber sie begriff wohl, daß sie das Objekt war, mit dem gespielt wurde. Und ihre kühle Beherrschung, die mich bei der ersten Begegnung so beeindruckt hatte, schien kalter Wut gewichen zu sein. Daß wir genau das zu bewerkstelligen gedacht hatten, mit diesem Spiel – ob ihr das aufging, bevor wir endgültig gewonnen hatten?

Es mußte sie aufregen, daß ich so tat, als wüßte ich überhaupt nicht, worum es ging. Als wäre ich nicht in der Lage, das zu deuten, was mir da im Suzie Wong passiert war. Und als hätte ich nicht längst ihre Rolle bei der Sache durchschaut.

Dazu kam wohl noch die Ungewißheit, ob das nicht vielleicht doch stimmte, was ihr dieser Zeitungsreporter soeben erzählt hatte. Daß Chao Yan bei der Polizei erfolgreich ausgequetscht worden war. Ausgerechnet der Vollstrecker!

Und – wie ging es zu, daß da plötzlich aus dem Schatten ein völlig neuer Tong auftauchte, der Ansprüche anmeldete, auf einem Territorium, von dem man in einschlägigen Kreisen annahm, hier habe die San Tien Hui den Taktstock in der Hand ...?

Sie wandte sich barsch an Chak Sam: »Gehen Sie wieder an Ihre Arbeit! Sie sehen ja, wozu es führt, wenn Sie sie vernachlässigen!«

Der Empfangsmann schlich davon. Mich würdigte

sie keines Wortes mehr, als sie den Ausstellungsraum erhobenen Hauptes verließ. Ich ging ebenfalls, nachdem ich mir noch die restlichen weinenden Gesichter von Angkor angesehen hatte, die künstlerisch verfremdeten Leichenberge im Toul-Sleng-Gymnasium und verschiedene Hinrichtungsvarianten unter malerisch windgebeutelten Palmen.

Zu der Dame, die mir das Eintrittsticket verkauft hatte, sagte ich freundlich: »Schade, daß es solche Ereignisse nicht öfters gibt! Ich meine die Ausstellung, nicht Pol Pot ...!«

Aufseher Chak Sam, der inzwischen wieder seinen Posten in der Eingangshalle bezogen hatte, drehte sich demonstrativ um, als ich aus dem Fahrstuhl stieg. Dabei hatte ich auf dieser Etage nur gestoppt, um ihn zu fragen, ob die Polizei denn nun endlich wieder aus dem Haus sei.

Er ließ mich stehen. Ohne ein Wort. Schien vor Schreck stumm geworden zu sein. Als sein Handy piepte, nickte er unwillkürlich und sagte dann mit bedeutungsvollem Blick auf mich: »Ja, der Herr ist im Begriff, das Haus zu verlassen!« Ich winkte ihm vom Fahrstuhl noch einmal jovial zu, als ich zur Garage hinunterfuhr, wo mein Auto stand. –

Das *Excelsior* hatte den Vorteil, daß der Posten vor der Zimmertür saß. Inzwischen verwechselte die Putzfrau ihn nicht mehr mit einem neuen Etagenboy.

Der Nachteil, jedenfalls für mich und Pipi, bestand darin, daß das Hotel ein festes Fundament hatte, nicht hin und her schaukelte, wie unsere geliebte Dschunke auf dem dreckigen Wasser vor Aberdeen. Ich hatte schon in der Vergangenheit die Erfahrung gemacht, daß es mir ziemlich schwer fiel, ruhig und tief zu schlafen, wenn dieses Schaukeln fehlte. Vielleicht auch die ganze übrige Atmosphäre, das

Glucksen des Wassers an den Bordwänden, die Musikfetzen, die von den Tanzdampfern hin und wieder herüberzogen, das Geräusch eines Schleppers, der vorbeituckerte – Pipi erging es ähnlich.

Deshalb schliefen wir beide nicht sehr fest, als mein Handy, das ich in der Tasche des Jacketts gelassen hatte, plötzlich im Einbauschrank zu jaulen begann.

»O Mao, hilf!« stöhnte Pipi.

Ehe sie den verblichenen Chef aller Chinesen weiter mit ihren ungebührlichen Anliegen belästigen konnte, schwang ich mich auf die Füße und schaffte es sogar bis zum Schrank, bevor der nächste Heuler ausbrach.

Bobby mußte eine wahre Stinklaune haben. Er verlangte von mir, in zehn Minuten vor dem Hotel zu stehen.

»Du kannst in zehn Minuten meinen Hintern küssen!« bot ich ihm an.

Er grunzte nur, ich solle kein Theater machen, sonst würde er dafür sorgen, daß mein Honorar in Hartgeld ausgezahlt würde und in eine hohle Hand paßte.

Worauf ich fluchend den Knopf drückte und in meine Wäsche stieg. Jetzt, da Bobby das Honorar erwähnt hatte, fiel mir ein, daß ich immer noch keine Nachricht von der Bank hatte, daß Geld eingegangen sei. Ich arbeitete auf der Grundlage einer Abmachung mit Bobby Hsiang. Weil sich die Polizei im Falle dieser prominenten Oppositionszeitung möglichst bedeckt halten wollte. Meinetwegen. Ich tue eine Menge aus Freundschaft. Aber die Menge war inzwischen ein bißchen arg angeschwollen. Es gab Kosten ...

Pipi drehte sich grummelnd auf die Seite und spielte die schlafende Prinzessin. Bei solchen Gelegenheiten wie dieser murrte sie manchmal tagelang.

Der Posten vor der Tür fuhr aus dem Halbschlaf und glotzte mich an wie einen schlecht geschminkten Opernhelden. Ich riet ihm, sich ein Kissen zu holen, aber möglichst nicht aus unserem Zimmer.

Bobby knurrte gleich vorbeugend: »Hör bloß auf! Ich habe nicht erfunden, daß sich Leute mitten in der Nacht umbringen!«

Um es erst einmal erledigt zu haben, erkundigte ich mich zunächst nach dem Honorar. Und zog eine gute Nummer.

»Es liegt schon da. Bin bloß noch nicht dazu gekommen, es dir zu überweisen.«

»Wer zahlt da eigentlich?«

»Mutterland«, brummte er. »Behörde für die Bekämpfung krimineller Vereinigungen.«

»Muß ich es versteuern?«

»Deshalb kriegst du es ja auch nicht auf die Hand, wie von irgendeinem Gauner, sondern ordnungsgemäß per Bankanweisung!«

Er wartete meinen gehässigen Kommentar nicht ab, sondern fragte, während er den Wagen auf die Gloucester Road hinaus lenkte: »Hast du eine Ahnung, ob dieser Chao Yan Familie hatte?«

»Hatte?«

»Glaubst du, ich hole dich zu nachtschlafener Zeit aus dem Bett, nur um eine Spazierfahrt mit dir zu machen?«

»Auch Polizisten haben manchmal romantische Anwandlungen«, sagte ich. »Aber – was ist denn nun wirklich los?«

»Hatte der Kerl Familie oder nicht?«

»Der Tanzschuppenboß? Keine Ahnung. Oder doch – eine Schwägerin ist da. Mexikanerin. Singt. Was ist mit ihm?«

»Ich habe dich geholt, um es dir zu zeigen!« Er fuhr schneller. Es war die Zeit, in der wenig Verkehr herrschte. Meist Reinigungsfahrzeuge, Spritzwagen, Oberleitungsservice, Abfallsammler. Es ging in Richtung Polizeigefängnis. Aber Bobby sagte nicht, was so wichtig war, daß er mich dabei brauchte, er blies nur Bastos-Qualm in meine Richtung und ließ mich mit meinen Vermutungen allein.

Der Zellentrakt, den ich noch einigermaßen aus meiner Dienstzeit kannte, war seltsam belebt. Für diese Nachtzeit außergewöhnlich. Ich behielt recht mit meiner düstersten Ahnung. Der Posten vor der Tür tippte an den Mützenrand und machte Bobby aufmerksam: »Arzt ist drin.«

Der Patient war Chao Yan. Er lag in einer Blutlache. Der Arzt muffelte mürrisch einen Gruß. Seine Hände steckten in Gummihandschuhen. Blutig. Bobby hielt er ein Plastiktütchen mit einer der altmodischen Rasierklingen hin. Murmelte: »Und das vor dem Frühstück! Hat vorsichtshalber an beiden Handgelenken Einschnitte gemacht. Keine Fremdeinwirkung wahrscheinlich.«

»Gute Nerven«, kommentierte Bobby.

Der Arzt klärte ihn auf: »Wenn du mich fragst, der Mann hat nicht zum ersten Mal Blut gesehen. Und – der wollte unbedingt zu den Göttern. Auf sicher gehen.« Er war ein kleiner Mann mit Glatze und traurig hängendem Schnurrbart. Als Bobby fragte: »Wer war der letzte Besucher?«, antwortete einer der Beamten, die hinter uns standen: »Der Wärter. Kontrollierte zu Nachtbeginn. Nichts Besonderes aufgefallen.«

»Ich meine Besucher von draußen.«

Der Beamte hüstelte. Dann klärte er Bobby höflich auf: »Der Mann hatte keine Erlaubnis, Besuche zu empfangen. Lediglich einen Anwalt. Der war vor zwei Tagen da. Name im Büro.«

Das wird nichts bringen, dachte ich. Anwälte sind

wie Gummimännchen. Man kann ihnen eine Menge Beschuldigungen um die Ohren hauen, daß sie nur so zittern müßten, eigentlich. Tun sie aber nicht. Fragen nur immer wieder: »Beweise?«

Auch Bobby wußte das natürlich. Er machte sich gar nicht erst die Mühe, den Namen des Anwalts festzustellen. Wer sich im Untersuchungsknast umbringen wollte, fand immer einen Weg dazu.

»Hat wohl keine Chance mehr gesehen«, bemerkte ich, als wir wieder draußen waren.

Bobby meinte: »Da hast du sicher recht. Bloß – so was macht man in seinen Kreisen nicht aus eigener Entscheidung. Da kriegt man einen Befehl ...«

Im Falle von Chao Yan hieß das, die Chefin des Tongs hatte entschieden, daß es für ihn Zeit war, die Reisschüssel abzugeben.

Bobby sah auf die Uhr. »Gehen wir was essen?«

Ich warf einen letzten Blick auf die Schlafpritsche, wo Chao Yan in seinem Blute lag und zwei Sanitäter inzwischen versuchten, ihn auf eine Trage zu zerren, ohne allzuviel von dem roten Lebenssaft auf ihre Hosen zu verkleckern.

Der Arzt, der Bobbys Aufforderung mitgehört hatte, verzog das Gesicht und sagte: »Danke!«, obwohl ihn Bobby gar nicht gemeint hatte. Ich fand, daß ein Frühstück das beste war, was einem um diese Zeit widerfahren konnte, zu der sich der Tag noch nicht mit dem ersten hellen Streifen am Osthorizont angekündigt hat. Deshalb stimmte ich Bobby zu.

Vielleicht war ich auch gegen Blutlachen nur abgebrühter als der Arzt. Obwohl der doch damit öfters zu tun hatte als ich.

»Wer weiß«, meinte Bobby, »möglicherweise hat er Magengeschwüre.« Dann verschwand er für kurze Zeit in einem Dienstzimmer und kam mit einem Haftbefehl für Miß Hsu Kwan zurück, den er vor Tagen bereits hatte ausstellen lassen. Er habe, sagte er, nur noch mit dem Vollzug gewartet, bis er ganz sicher war, daß er keinen Fehler machte.

Wir ließen uns in einem dieser Etablissements in der Hollywood Road nieder, die während der Nachtstunden nicht schlossen. Nur daß der Barmann eben, wenn niemand mehr drin saß, hinter der Theke ein Stündchen döste, bis die Glocke am Eingang neue Kunden ankündigte.

Aus dem großen Fenster, das auf die Straße zu lag, hatten wir freies Blickfeld auf den Eingang des Hochhauses, in dem Miß Hsu Kwan ihre Galerie Opal betrieb.

Der Bartender servierte uns überraschend schnell einen Kaffee, der anständig gemacht war, nicht abgestanden, heiß, stark und bitter. Dazu gab es Gebäck, das sogar noch knusprig war, und als wir diese Errungenschaften der westlichen Zivilisation hinter uns hatten, störte mich zwar der Qualm von Bobbys Bastos, aber eigentlich war ich – besonders seitdem ich wußte, daß mein Honorar unterwegs war und die Chefin des Tongs der San Tien Hui vor der Festnahme stand, ziemlich mit dem Leben zufrieden, trotz der Brutalität, mit der ich aus dem Schlaf gerissen worden war, was mir immer ein Greuel ist, auch wenn ein Tong-Vollstrecker in seinem eigenen Blut den Anlaß dafür liefert. Ich konnte mich von der Sache langsam verabschieden: Wer Yueh Po-chai ermordet hatte, war aufgeklärt. Der Killer war tot. Die Frau, die ihn angestiftet, und die ihm wohl auch den von Yueh Po-chai erschlichenen Schlüssel geliefert hatte, würde Bobby in einer Stunde, wenn die Sonne aufgegangen war und die Polizei solche Dinge tun durfte, verhaften.

Der Tong-Vollstrecker hatte keine Chance mehr, noch jemandem zu schaden. Und aus seinem Versteck oben in Kowloon würde Bruder Yueh Lo-tsin, dieser smarte Jackie-Chan-Verschnitt, anreisen, um die *Pacific Voice* zu übernehmen. Er würde Miß Alma Tsao mitbringen, die auf Bobbys Veranlassung ebenfalls da oben Sicherheit genossen hatte. Rechtsanwalt Bu Yon würde bald das Krankenhaus verlassen können ... Ich sprach den Wunsch nicht aus, aber wenn es noch mehr Fälle dieser Art gab, würde ich sie gern übernehmen. Abgesehen von der Sache im Keller, gab es gefährlichere Aufträge!

»Ein schöner Witz wäre, wenn Dr. Bu Yon die Verteidigung der eleganten Dame Hsu Kwan übernähme!« Ich lachte über meinen eigenen Scherz, eine Fehlleistung, die mir nicht so oft unterlief, es mußte wohl an dieser frühen Stunde liegen. Aber Bobby schmunzelte. Wenn es nicht der Qualm seiner Bastos war, der ihm in die Augen stieg. –

Und dann, als die auf der Hollywood Road entlangpreschenden Morgenautos die Scheinwerfer löschten, betraten wir die Empfangshalle des Luxusbaues gegenüber, die um diese Zeit wie ein Mausoleum ohne einen liegenden Helden wirkte.

Es hätte uns warnen sollen, daß der forsche Chak Sam nirgendwo zu sehen war. Hinter dem Auskunftstisch stand ein älterer Herr, der uns nur fragte, ob wir eine Verabredung mit Miß Hsu Kwan hätten. Als wir nickten, wies er uns den Weg, den wir auch ohne ihn gefunden hätten.

Mit dem Paternoster fuhren wir gleich zur siebzehnten Etage hoch. Ich war gespannt, wie Miß Hsu Kwan wohl wohnen würde. Ihre äußere Eleganz ließ vermuten, daß sie jedes einzelne Einrichtungsstück nach ihren eigenen Angaben hatte anfertigen lassen.

Die Tür war nicht verschlossen. Während ich mich zurückhielt, zog Bobby, als nach dem dritten Knopfdruck-Jaulen nichts passierte, seine archaische Pistole, von der er mir erzählt hatte, sie gehöre jetzt zu der neuen, vom Mutterland gelieferten Ausrüstung, aber er finde sie zur Abwechslung mal ganz brauchbar. Mit der freien Hand drückte er die Tür auf.

Nichts geschah. Kein Schrei, kein Schuß, nicht einmal der unwillige Ruf einer Dame, daß sie, zum Teufel, im Bad sei. Die Dame war einfach nicht da. Überhaupt nicht.

So früh schon in der Galerie, dachte ich, und dann noch die Wohnung unverschlossen – ist das jetzt in?

Aber ich sagte es nicht. Erst als wir die nicht einmal sonderlich mondäne Welt der Lady Hsu Kwan durchstreift hatten, ohne eine Leiche zu finden, was wenigstens eine Art von Abwechslung gewesen wäre, steckte Bobby sein Feldgeschütz wieder ein und knurrte, er fände es eigenartig, daß hier nicht einmal irgendwo ein gebrauchter Slip herumliege.

Abwärts ging es, ins Büro der Galerie. Und da saß Miß Minirock hinter ihrem Schreibtisch und flennte in ihren Teetopf mit echt klassisch japanischem Muster für zweieinhalb Dollar von Sogo, drüben in der Hennessy Road.

»Die Chefin ... hat von Kai Tak angerufen ... vom Flughafen ...«, jammerte sie auf Bobbys wenig rücksichtsvolle Frage los. »Vor einer Stunde ... etwa ... Sagte, sie fliege ab. Nach Kanada ...«

»Hongcouver, ich komme!« entfuhr es mir. Brachte mir einen mißbilligenden Blick von Bobby ein.

Miß Minirock schluchzte: »Sie ... will da bleiben huhuhu ...! Auch Mister Chak Sam ... und wir bekommen einen neuen ... huhu ... Chef ...« Bobby griff zum Telefon. Bei der Paßabfertigung in Kai Tak saß einer unserer Beamten, der sogleich die Passagierlisten über seinen Bildschirm laufen ließ.

Nach einer Weile sagte Bobby: »Danke, Ed.«

Zu mir sagte er: »Stimmt. Miß Hsu Kwan und Mister Chak Sam. Honolulu, Vancouver. Maschine ist weg ...«

Er wollte wohl noch etwas nicht Salonfähiges anfügen, aber er erinnerte sich, daß eine Dame anwesend war, und so nahm er wieder den Telefonhörer und raunzte irgendeinem Krieger in seinem Büro zu: »Galerie Opal. Hollywood Road. Ich brauche ein Team, das eine Wohnung auseinandernimmt und ein Büro ...«

Als der Mann am anderen Ende der Verbindung noch einen Einwand machte, bellte Bobby zurück: »Dann holt sie aus dem Bett! Oder aus der Kantine! Und das sofort! Mich interessiert nicht, wieviel Dienst die hinter sich haben ...«

Er knallte wütend den Hörer auf und befahl der Sekretärin: »Sie verändern nichts, weder hier noch in der Wohnung!«

Sie nickte gehorsam.

Die Beamten fielen wie ein Heuschreckenschwarm über das Büro her. Ebenso fuhrwerkten sie in der Wohnung herum.

Bobby blieb. Also blieb ich auch. Wir setzten uns in bequeme Sessel in der Nähe des Fahrstuhls, und Bobby brannte sich trotz des ausgeschilderten Rauchverbots, für dessen Übertretung hohe Geldstrafen angedroht wurden, eine Bastos an. Wenn jemand das Zeug roch, würde er sowieso kaum vermuten, da rauche einer, er würde eher an eine kokelnde Gardine denken.

Bobby machte sich laute Gedanken über die Zahl der Triadenleute, die jetzt vom Mutterland nach Hongkong hineinströmen würden. Was wir mit der *Pacific Voice* erlebten, meinte er, war nur der Anfang einer Entwicklung, die unsere Einwanderungsbestimmungen und der von den Engländern stark bewachte Drahtzaun im Norden Kowloons bisher wenigstens einigermaßen in Grenzen gehalten hatten.

Als ich ihn aufzuheitern versuchte, merkte ich, daß es nicht funktionierte. Er zog ein Gesicht wie ein magenkranker Fakir.

»Ich bin ein Idiot. Hätte sie gleich damals festnehmen sollen, als wir das Ding mit dem Zeitungsmann aufführten. Den Kommis mit dem Schießeisen auch ...«

Ich widersprach ihm nicht. Wir hatten gehofft, daß die Tong-Chefin auf das Theater reagierte und uns so auf weitere Personen aus dem Umkreis der Führung des Tongs aufmerksam machen würde. Sie hatte reagiert, aber eben nicht panisch, sondern höchst kühl.

»Kann jedem passieren«, versuchte ich, Bobby zu trösten. Er schwieg vor sich hin. In der Tat hatten wir Miß Hsu Kwan unterschätzt. Was hatten wir überhaupt erreicht? Der Täter, der einen Mord für einen Tong verübte, war beim zweiten Versuch selbst getötet worden. Der Vollstrecker des Tongs, der diese Seite der Tätigkeit organisierte, hatte sich in der Haft selbst umgebracht. Nichts ausgesagt. Die Chefin des Tongs war geflohen. Und den sogenannten Einflußmann, die vielleicht wichtigste Figur, weil sie für die Herstellung vielfältiger Beziehungen zwischen dem Tong und allen möglichen amtlichen Dienststellen bis in die Polizei hinein, vermutlich auch bis tief ins Mutterland verantwortlich war, kannten wir nicht einmal.

»Mageres Ergebnis«, meinte Bobby Hsiang. »Einzig der Gonganbu drüben in Kanton hat erreicht, was er wollte, nämlich unverdächtig zu bleiben ...«

Wir wollten wohl zuviel, dachte ich. So einfach läßt sich ein erfahrener Tong wie die San Tien Hui nicht knacken. Man erwischt immer nur einzelne Leute, und deren Plätze werden meist ziemlich schnell wieder aufgefüllt. Natürlich wußte das Bobby ebensogut, und deshalb ärgerte er sich jetzt. Besser nicht mehr daran rühren! Wir warteten das Ergebnis der Durchsuchung dann doch nicht ab. Es hätte sich auch kaum gelohnt, denn die Beamten fanden nichts von Belang. Wenn man von einer flachen kleinen Damenpistole, Kaliber 22 absah. Aber so ein Spielzeug in der Schublade zu haben, war in Hongkong eher ein Kavaliersdelikt, es sei denn, man erschoß jemanden damit.

Yueh Lo-tsin kam aus seinem Versteck in Kowloon zurück und übernahm mit Hilfe der Sachkenntnisse von Miß Tsao die Regie in der *Pacific Voice*. Die bemerkenswert unerschrockene Rose Kong, die dort als Angelhaken ausgeharrt hatte, wollte Yueh Lotsin allzu gern in seine Dienste nehmen, aber sie war nicht bereit, den Polizeidienst zu quittieren. So blieb ihm Miß Tsao ...

Ich rief im Suzie Wong an und bekam nach einiger Zeit Marietta Moreano an den Apparat. Mein Bedauern über den Tod ihres Schwagers quittierte sie mit einem höflichen »Danke«. Als ich ihr beichtete, ich würde sie gern wieder einmal das *Lied von der traurigen Gitarre* singen hören, lud sie mich sogleich ein. Sie würde mir einen Tisch reservieren.

Ich fragte Jerome Blondel, ob er in seinem Blatt nicht einmal etwas über eine weltbekannte mexikanische Sängerin schreiben wollte, über die bereits die ganze übrige Welt sprach.

»Wie alt?« war seine erste Gegenfrage.

»Junge Witwe!«

Da sagte er zu. In einer Anwandlung von Übermut fragte ich auch Bobby Hsiang, ob er das Etablissement oben in Kowloon nicht wenigstens einmal in seiner Karriere besuchen möchte. Und zu meiner Überraschung sagte er auch zu: »Ich werde gern kommen. Wenn es den Damen dort Freude macht, komme ich sogar ohne Hose!« Davon riet ich ihm ab, und es wurde trotzdem ein gemütlicher Abend. Zumal Mrs. Moreano sich Zeit nahm, in den Pausen an unserem Tisch zu Gast zu sein. Dabei erfuhren wir, daß man ihr angetragen hatte, das Lokal zu übernehmen. Sie überlegte das ernsthaft, und wir redeten ihr zu.

Wenig später, als Jerome Blondel, der zu dem feierlichen Anlaß wieder sein kariertes Zuhälterjackett angelegt hatte, stehend applaudierte, weil ihm *die traurige Gitarre* gefiel, erinnerte er sich plötzlich: »Mister Lim Tok, ich vergaß beinahe über dieser Kleinkunst hier, daß die Galerie Opal uns eine Einladung geschickt hat. Morgen wird eine neue Ausstellung eröffnet. Shanghaier Plakate aus fünf Jahrzehnten ...«

»Ich bin kein Zeitungsmann«, erklärte ich ihm. Er tat so, als habe er das noch gar nicht gewußt. Machte dann wie nebenbei die Bemerkung, daß die Galerie einen neuen Chef habe. Sagte auch den Namen. Das scheuchte mich auf. Ich sah Bobby an, der sogleich abwinkte: »Laß mich bloß mit dieser Galerie in Ruhe!«

Es war Blondel, der ihm schließlich zu denken gab: »Vielleicht ist der Neue eine interessante Figur. Immerhin ersetzt er die Dame, die das Unternehmen für die San Tien Hui gemanagt hat ...«

Das überzeugte Bobby nicht von der Notwendigkeit, hinzugehen. Aber es regte mich an, Blondel zu fragen, ob er mich da nicht als Mitarbeiter des *Island Guardian* einschleusen könnte. Er konnte. Nahm sogar noch einen Fotografen mit.

Ich lernte auf diese Weise Mister Ba Tran kennen, einen äußerst eleganten, weltgewandten Herrn aus Shanghai, der aber nicht von dort kam, wie er in seiner Ansprache verriet, sondern aus Kanada, wo er eine längere Zeit verbracht hatte. Vancouver ...

Nun aber habe die Gesellschaft, der die Galerie Opal gehörte, ihn gefragt, ob er nicht das Management übernehmen möchte. Der Posten sei unbesetzt. Er habe zugesagt, und hier sei er nun! Ich bremste mich, um nicht laut »Ei ei« zu rufen.

Blondels Fotograf lichtete ihn ab, als er, während er redete, mit der linken Hand eine einladende Geste zum kunstverständigen Publikum hin machte und die Hoffnung aussprach, er werde es fertigbringen, den Hongkonger Besuchern der Galerie immer wieder neue Kunstgenüsse zu verschaffen.

Im Blitzlicht der übrigen Fotografen entdeckte ich Yueh Lo-tsin, der zusammen mit Miß Tsao an einem der Tische unweit des Eingangs saß, durch den damals Bobby Hsiang hereingeflitzt war, mit seiner Riesenpistole in der Hand.

Als ich ihn später begrüßte, war er hocherfreut. Und er vertraute mir grinsend an: »Guter Mann, dieser Ba Tran.«

»Sie kennen ihn?«

Etwas leiser, aber mit demselben Grinsen sagte er: »Natürlich. In London bezog ich von ihm nachgemachte Terrakotta-Figuren aus uralten Kaisergräbern. Die englischen Sammler waren völlig verrückt danach!«

Er hob sein Sektglas und prostete Mister Ba Tran zu, der ihn offenbar gerade erst entdeckt hatte. »Blendend nachgemacht übrigens!«

Ich bekam am nächsten Tag nicht nur von der Bank die Nachricht, daß Geld eingegangen war, sondern auch einen neuen Auftrag. Ehescheidungssache. Als ich abends auf meiner Dschunke ankam, war Pipi schon da und empfing mich mit einem etwas nach Knoblauch schmeckenden Kuß und der Nachricht von Jerome Blondel, ich solle so schnell wie möglich ins April Moon kommen, die Bardame hätte sich meinen Heiratsantrag überlegt und stehe positiv dazu.

Der Bursche kannte Pipi nicht. Aber die kannte manche von den Typen, mit denen ich Umgang pflegte. Es war schwer, sie mit solchen Tricks aufzuregen. Louis Mountbatten Fung, der Vorgänger Blondels im *Island Guardian* hatte sich ihr einmal am Telefon als der Mann vorgestellt, der eine Frau geehelicht habe, die zwei Kinder von mir aufzog. Ich sollte gefälligst meine Alimente bezahlen. Sie hatte zwischengefragt, ob es sich um die Zwillinge handle, die gaga wären, die solle er lieber wieder in den Mutterleib zurückkriechen lassen. Da war selbst Fung die Luft weggeblieben.

Im April Moon saß Blondel an seinem üblichen Platz, war erheblich angetrunken und schrieb, wie er sagte, an einer Kritik über einen der langweiligsten Filme der Welt, dessen Regisseur soeben einen Oscar bekommen hatte. Er hielt mir zwei Fotos und eine Lupe hin. Das eine Bild zeigte Mr. Ba Tran während seiner Begrüßungsrede in der Galerie Opal, gerade als er so eindrucksvoll seine Hand in Richtung der Zuhörer ausstreckte. Das zweite zeigte seine Hand, aus der ersten Aufnahme herausvergrößert. Ich erkannte auch mit bloßem Auge den auf dem Mittelfinger tätowierten Fisch. Nur für die drei Punkte brauchte ich die Lupe.

»Exzellent!« sagte ich zu Blondel. »Was soll ich jetzt machen? Ihn erschießen?«

Er kicherte: »Gestern ist ein Herr bei unserem Verleger gewesen und hat ihm geraten, den Island Guardian an ihn zu verkaufen! Kommt Ihnen das bekannt vor?«

Ich gab ihm die Fotos zurück. Fing denn die ganze Geschichte noch einmal von vorn an? Wenn ja, dann ohne mich!

Zu der Barkellnerin, die mir einen Kaffee hinstellte, sagte ich: »Es wäre wohl besser gewesen, ich hätte Ihnen tatsächlich einen Heiratsantrag gemacht ...«

Sie blickte von mir zu Blondel und von dem wieder zu mir. Ratlos. Dann erkundigte sie sich in dem Tonfall, in dem man mit ziemlich kleinen Kindern spricht: »Vielleicht doch lieber einen japanischen Whisky, der Herr?«

Ich trank ihn nach dem Kaffee.

**HARRY THÜRK**
**im Verlag**
**Das Neue Berlin**

## Das letzte Aloha

Ein neuer Fall für Lim Tok, den Privatdetektiv aus Hongkong, der ihn nach Hawaii führt. Zwar wird ihm dort mit Aloha-Klängen ein wunderbarer Empfang bereitet, aber die Idylle der zauberhaften Südseeinsel trügt. Was mit dem spektakulären Selbstmord einer Sängerin beginnt, weitet sich zu einer Verbrecherjagd in den besten Gesellschaftskreisen aus.

DIE-Krimi Nr. 200

192 S., brosch., 9,80 DM
ISBN 3-360-00834-0

**HARRY THÜRK**
**im Verlag**
**Das Neue Berlin**

## Schwarze Blüte – sanfter Tod

Die Hongkonger Geschäftsleute bereiten sich auf die Rückgabe der Kronkolonie vor. Unter ihnen der reiche Emerson Choi. Er will seine Geschäfte weitergeführt wissen, sich selber aber ins Ausland zurückziehen. Wozu hat man denn Söhne! Einen läßt er aus dem »Mutterland« nach Hongkong holen, doch der stirbt, kaum angekommen, eines rätselhaften Todes. Die Polizei weiß sich nicht zu helfen; kurzum: ein neuer Fall für Privatdetektiv Lim Tok, den Mann von der Dschunke.

DIE-Krimi Nr. 205

192 S., brosch., 9,80 DM
ISBN 3-360-01205-4

**HARRY THÜRK**
**im Verlag**
**Das Neue Berlin**

## Des Drachens grauer Atem

Professor Leo Wilkers, Wissenschaftler und Mitglied einer internationalen Kommission für die Bekämpfung des Rauschgifthandels, forscht nach der Herkunft der riesigen Opiummengen, die Jahr für Jahr Thailand über dunkle Kanäle verlassen ... Seine lebensgefährliche Reise führt ihn ins berüchtigte »Goldene Dreieck«, zum Ursprung der Drogen. Als Wilkers die Hintergründe des schmutzigen Geschäfts erkennt, wird er zu einem bedrohlichen Risiko ... Harry Thürks spannender Thriller schildert nicht nur das thailändische Drogengeschäft, er beschreibt auch lebensnah die Lage der verarmten Bauern, für die der verbotene Anbau die einzige Überlebenschance ist.

252 S., geb., 29,80 DM
ISBN 3-360-00805-7

**HARRY THÜRK**
**im Verlag**
**Das Neue Berlin**

## Der schwarze Monsun

Kampuchea 1975. Die Armee Pol Pots steht am Mekong. In der belagerten Hauptstadt Phnom Penh müssen Hang Son, Koch im berühmten Restaurant Mondial, und seine Braut Chanta, die die Tänzerinnen des königlichen Balletts schminkt, das Scheitern aller ihrer Hoffnungen erleben – nicht die ersehnte Befreiung, sondern Arbeitslager und Vernichtung kommen auf sie zu; eine der grausamsten Diktaturen der Geschichte etabliert sich. Harry Thürk, der als Zeuge vor Ort war, erzählt hier packend und ergreifend vom Schicksal zweier Menschen vor dem Hintergund realer weltpolitischer Vorgänge.

330 S., geb., 29,80 DM
ISBN 3-360-00804-9

**HARRY THÜRK**
**im Verlag**
**Das Neue Berlin**

## Amok

Djakarta in der letzten Septemberwoche 1965. Kapitän Hussar, Eigner eines kleinen Küstenschiffs, kann seine Ladung nicht löschen, weil ihr Empfänger ermordet wurde. Bei dem Toten, einem Oberst der indonesischen Armee, findet der Seemann Informationen, die auf eine für das gesamte Land brisante Situation hinweisen. Er muß erfahren, daß die Leute, die in der Lage wären, die Katastrophe abzuwenden, nichts unternehmen. – Der blutige Putsch der Militärs bildet den Hintergrund dieses Romans, der packend und kenntnisreich die Ereignisse, die Indonesiens Geschichte bis heute bestimmen, rekonstruiert. Thürks Darstellung erweist sich als bestürzend aktuell.

524 S., geb., 29,80 DM
ISBN 3-360-00875-8

ISBN 3-360-01212-7

1. Auflage

Rosa-Luxemburg-Str. 16, 10178 Berlin
Buch- und Reihengestaltung: Matthias Gubig
Druck und Bindung:
Ebner Ulm